CHANCE《チャンス》

——病院に行くな——

東　隆明

㈱企画・出版　天恵堂

装丁
題字　岩本英樹
編集　久我令子

目次

第一章 航海

□人は何故病に罹るのか

第二章 CHANCE――飛翔

第三章 豊饒

巻末 人生……やがて

第一章

航海

航海

人は生まれ　やがて――死ぬ
長く短い人生《とき》を――生きる

出会いがあり　別れがある
好もうと好むまいと　出会い別れる
出会うべき時に出逢うべき人に
出会うべく出会う

人は縁《えにし》の舟に乗り
川を漕《こ》ぎ　やがて海に出る
海は優しく　怖く
小波　大波　時化《しけ》を漕ぎ　港に辿《たど》り着く

人は港から港へと乗り継ぎ

やがて航海を終える
それぞれの旅を終える
それぞれの人生が其処《そこ》にある

□人は何故病に罹《かか》るのか

1 過ぎたるは及ばざるが如《ごと》し

人は、その大切な人生を楽しく、美しく有意義に過ごし、幸福に天寿を全うする。筈である。

そうである人と、そうでない人がいる。その大切な時間を無駄に過ごしたり、その殆《ほとん》どを病院のベッドで過ごす人もいる。

人は何故病に罹るのか。病は厄介である。

苦痛を伴なわない病は少ない。大抵は苦痛を伴なう。

なりたくて病人になる人は少ない。大抵は病人になりたくない。

人の病は痛くない、人の病は蜜の味…嗤《わら》っていると、やがて病に罹る。その時、その人の痛みが分かる。

仕事をし過ぎると病に罹る。遅かれ早かれ病に罹る。過労は病への登竜門、否、地獄門。

仕事をしなさ過ぎると病に罹る。全ての機能が働かなくなり、世間からも見放される。怠くら病は厄介病。世間の鼻摘《はなつま》み。

人の話を聞かないと、耳が聴《き》こえなくなる。耳が怠けていると、怠けた分だけ聴こえなくなる。

人の悪口ばかり言っていると、喉が潰《つぶ》れて喋《しゃべ》れなくなる。

人を蹴《け》飛《と》ばすと足が動かなくなる。

他所《よそ》の奥さんに腰を使うと腰砕けになる。

悩みの多い人は少ない人より病に罹りやすい。悩みの深い人は息をするのを忘れている。息苦しくなって、ハッと気づき、深い溜息《ためいき》をつく。息を溜めると血の流れが悪くなって、病に罹る。息を溜めずに金貯めろ。金も貯め過ぎると病になる。厄介である。厄介者は嫌われる。過ぎたるは及ばざるが如し。

人は何故悩むのか。無くて七癖《くせ》、七悩み。有って百癖、百悩み。

人は誰しも大なり小なり悩みを持ったり抱えたりしている様である。外形から始まって内面、過去から始まって現在、果ては生きているかどうかも分からんのに、十年二十年先の事で悩む。

厄介なものですねえ――

2 心の輝いている人には化粧は要らない

外形を変えて悩みが解消した、という人がいる。果して解消されたのであろうか。自分では醜《みにく》いと思っていた鼻を整形して、すっきりとした鼻になった。ところが、他とのバランスが崩れて妙な顔になった。鼻だけで言えば、スッキリ御満悦《ごまんえつ》。周りの人は、前の鼻の方が愛嬌があって親しみ易かったという。

それではと、眼の整形をする。眼と鼻のお隣り同士はスッキリとして、御本人は御満悦。そうすると、眉毛と口が余計眼と鼻に融《そぐ》わなくなった。眉と口組、眼と鼻組が喧嘩をおっ始めた。どちらも一歩も譲らない。周りの人は、その妙な喧騒《けんそう》な顔を見て、「気味が悪い」と近付かなくなる。

こんちくしょう！と、眉と口もいじくる。見事な美形になった。周りの人も親友までも居なくなった。表情が変になり、性格と顔が一致しなくなったのである。愛せなくなったのである。

それでも御本人は御満悦。付き合う世界を変える。整形の顔とは知らない人達は、美人だ美人だと外形で近付いて来る。御本人は有頂天。ところが矢張《やは》りあっという間に去っていく。何か味気なく、暖かみを感じないからだ。元来、本人の持っていた優しさや気配りが、チヤホヤされる事によって失われていったのである。

外形と内面は釣り合うように出来ている。勝手にいじくればバランスを崩す。整形によって形を変える事は出来ても、それが真の美に繋《つな》がるとは限らない。何もかも変える事は出来ない。

眼の玉は整形出来ない。眼の玉は化粧出来ない。人は対話をする時、その相手の眼を見る。見ない人もいる。余程疚《やま》しい事があるからだ。普通は相手の眼を見る。見れば直ぐ分かる。心が輝いていなければ澄んだ綺麗な眼にはならない。眼の玉は嘘をつかない。

狸《たぬき》のお化けの様に眼の周りをケバケバ塗ったくっても、眼の玉は綺麗に見えない。眼の玉はその人の心を映し出している。無駄な努力である。

心の輝いている人には化粧は要らない。化けて装う必要がないのである。眼の綺麗な人は顔も綺麗なのだ。

世の中お化けが多いですね――

3 心の綺麗な人は素に近い

人は人の眼を見て話す。だから他の造作は殆ど気にならないのである。造作を気にして形を変える人は、心に自信がないからである。先ず心を磨く事が肝要である。

心に自信のない人は飾りを付けたがる。人の目をその高価な飾り物に外らし、内面を探らせまいとする。内面に自信がないからである。飾り物の値打ちと自分の値打ちが同じレベルであると、相手や世間に思わせたいからである。心の貧しい証拠である。外形が豊かで心が貧しい。

自信がなければない程、飾り物は増える。耳から始まって、首、胸、腕とエスカレートしていく。序《つい》でに鼻にもリングを付けりゃいい。何でも徹底すりゃ、それなりに面白いかも。アフリカ原住民のお祭りの扮装に近付いて、軽蔑を突き抜けて神神《こうごう》しくなり、尊敬の念を人に与えるかも知れない。因《ちな》みに私は見たくない。

心の綺麗な人は素に近い。飾らないから素の美しさが浮き出て来る。飾りは必要ない。邪魔である。

心の豊かな人は経済的だ。余分な飾りや見栄に金を使う必要がないからだ。余分な事に努力をすると、病に罹る。

天職に就《つ》く者は病に罹らない

人は何故悩むのか。頭の良い人は悩みが多い。馬鹿は悩みが少ないから幸福である。沢山悩む程、頭が無いからだ。悩みたくて悩んでいる人が結構いる。頭が良い証拠だ。一寸、馬鹿になれば良い、その分幸福になれる。

何の職業に就いて良いか悩んでる人がいる。どの職業が自分に向いているか分からない。悩む必要はない。悩み続けている中に怠くら病になる。取り敢《あ》えず就職活動をする。手当たり次第、面接やら試験を受けてみる。迎えて呉《く》れる所に突当《ぶつか》ったら、躊躇《ためら》わず就職する。働いて見る。一生懸命働いても、その職場の役に立たなければ、向く向かないに関わらず首になる。首にならなくても、楽しくなかったり、生き甲斐《がい》を感じなかったり、体のあちこちに支障が出て来たら、その仕事は向いてない。其処《そこ》に気付いたら愚図愚図せずに即、辞める。愚図愚図してると病に罹る。愚図愚図せずに、次の職場を探す。何処へ行っても一生懸命やれば、結果は早く出る。駄目なら又、次を探す。やがて、必ず何処かで向く仕事に突当《ぶちあ》たる。楽しくて、夢中になれて、職場にも喜ばれ、一生の仕事にしようと決意する。それが天職である。天職に就く者は病に罹らない。罹ったらそれは天職ではない。

焦《あせ》らず急げ──だね。

4 焦らなければ——悩みはなくなる

人は何故悩むのか。人は多くを望むと現実とのギャップの分だけ悩む。確かに夢とか希望は多くて大きい程良い。夢を見るのは楽しい。希望が大きい程、生活に張り合いが出る。夢と希望は現実ではないから、夢と希望である。今日明日叶《かな》うものではない。だから、その夢と希望に向かって一つ一つ努力しながら近づいて行き、やがて現実のものになるのである。その一つ一つをやらないで、一挙に目的を遂《と》げようとするから、悩みが生じる。

一挙に到達出来る筈がないものを、「何とか到達する方法はないものか」と、悩む。この場合は病に罹らない。罹った方が幸福なのだが罹らない。もっと怖ろしい事になる。悪魔が忍び寄って来る。自我地獄に落ち入る。一攫千金《いっかくせんきん》を狙ったり、人を陥《おとし》いれる事を画策《かくさく》したりと、不正の道に嵌《は》まっていく。人の道を外すことになる。人を不幸にし、果ては自らを地獄の底に突き落とす。

夢と希望が大きいのは良いが、一足飛びを考えてはいけない。其処に悩みが生じ、不幸を招く。なかなか叶わないから、やり甲斐がある。直ぐに手が届きゃ夢でも希望でもない。長い道程《みちのり》を一歩一歩、歩んでいくから、苦しくも楽しく、その一歩一歩に喜びがあるのである。例え、それが志半ばで寿命が来たとしても、進んで来た事に違いはなく、必ず来世で続きを生きる事が出来る。その資格があるのである。
人は皆、続きを生きる。焦らず、今日の一歩が肝要である。
焦らなければ――悩みはなくなる。

人は何故悩むのか。人は問題が起きた時、困った困ったと、悩む。その問題から逃げたくなる。誰かに代わりに解決して貰《もら》いたくなる。逃げ出したら信用を失くす。誰かに代わりにやって貰えば軽蔑される。死にたくなる。死んだら天罰が待っている。死んで楽になると思ったら大間違い。遺《のこ》された親族や信頼関係にあった全ての人に迷惑をかける。皆を不幸に陥れる。来世では、生まれついての不遇の人生を歩む事になる。天罰は大きい。
人生を捨ててはいけませんね――

5　夫婦喧嘩を確《しっか》りする

どんな問題でも解決のつかない事は一つもない。見栄や外聞や意地や、一人よがりの信念等全て捨て、裸になって問題に面と向かい対応すれば、必ず解決の道が拓ける。誠心誠意、真心を以《もっ》て対応すれば、必死に、己れを捨てて行動すれば、必ず解決の光が見えてくる。応援者が出てくる。天が味方に付いて呉れる。そして、前にも増して素晴らしい人生を送る事が出来る。災い転じて福となる。天は自ら助くる者を助く、である。

人は何故悩むのか。悩みが多いと病に罹る。悩みが深いと重い病に罹る。悩みが少なくなると病も減る。悩みが浅くなると病も軽くなる。

「夫婦関係が上手くいかない」と、悩んでいる人が多い。離婚する人が多くなった。離婚率は三組に一組という。昔は離婚したと聞くと、吃驚《びっくり》したものだが、今は誰も驚かない。離婚が市民権を得たなんて変な現象である。スムースに離婚させようとする職業もあって、繁昌しているという。

離婚の原因は色々ある。一番多いのは浮気だろうか。夫の浮気は妻にも半分原因がある。妻の浮気は大半夫に原因がある。

昔は親が結婚相手を決めた。今は親が相手を決めて、厭々《いやいや》結婚させられる、なんて話は聞いた事がない。自分で惚れて、惚れられて、相思相愛で一緒になるのである。世界で一番好きになり、一生を添い遂げようと決意して、結婚した筈である。そんな大事な人なのに何故夫は浮気をするのか。

恋愛時代は長所ばかりをお互いに出し合うが、結婚して毎日一緒に暮らすようになると、互いの欠点が顔を出し始める。我と我が飛び出し、主張の応酬となる。夫婦喧嘩の始まりである。

この夫婦喧嘩を確りする事が将来の基礎固めになる。お互いの要求を余す所なく打《ぶ》つける。不満を打つける。それでお互い相容れなければ離婚となるか。否、全てを打つけ合う事によって、受け容れ易い所から受け入れ、不満や我が少しずつ少なくなっていくのである。離婚とはならない。お互いに少しずつ成長し、長い時間を費《か》けて素的な夫婦になっていくのである。

この夫婦喧嘩を確りしないと、どうなるか。

出来ればしたくないよね――

6　夫婦喧嘩は惚れ合っているから出来る

どちらか一方の我や要求が強過ぎて、もう一方が引っ込めて了《しま》うと、喧嘩にならない。喧嘩にならないようにと、片方が我慢すると、どうなるか。波風は立たないが、後に大変な事になる。片方は益々我儘《わがまま》になり、片方は我慢する事によって、ストレスが溜まっていく。溜まったものは何《いず》れ爆発する。色んな形で爆発する。

喧嘩をするからお互いに何を考えているか理解出来る。喧嘩は解決が付くまでトコトンしなければならない。中途半端で翌日に持ち越すと、燻《くす》ぶって尚、難しくなる。何時も本音で打つかり合える夫婦に病は発生しない。ストレスが溜まらず、病の付け入る隙《すき》がないのだ。

夫は妻への不満を我慢すると、その分を他の女性に求めるようになる。妻に足りない部分を他の女性に求め、自分の欲求を埋めようとする。それが後の大悲劇に繋がる事を知らずに、一時の甘い蜜を求めるのだ。家庭が崩壊する。崩壊しなくても家族の信頼が崩壊する。表面だけ許しても、妻は永久に夫を許さない。父親への尊敬の念は跡形もなく消え、子供は父を軽蔑する。

夫婦喧嘩を確りして、お互いに不満を残さない事、夫婦喧嘩は惚れ合っているから出来る。冷めていれば喧嘩をする気にもならない。夫婦喧嘩は、すればする程愛が深まり、信頼も篤《あつ》くなる。そして、長い時間を費《か》けて二人は成長し、我や要求も少なくなり、一心同体となるのである。良き良きパートナー、人生の同志となるのである。

夫の浮気は半分妻に原因がある。夫が妻に夢中ならば浮気等有り得ない。

百パーセント夫の事を想い、考え、何時もときめき、家事に夫に尽くしていれば、夫の浮気は有り得ない。有る筈がない。百パーセント無いのだ。

妻が深く反省し、夫を許し、夫が涙ながらに深く詫び、一生償い、幸福にすると誓えば、お互いの努力によって奇跡は起きるかも知れない。以前にも増して素晴らしい夫婦になれるかも知れない。災い転じて福となすのは、当事者以外誰でもない。

人生は順風満帆《じゅんぷうまんぱん》ではない。人生は航海である。

ある日、突然夫の仕事が上手く行かなくなった。途方に暮れる夫を一番励まし、勇気づけられるのは、勿論、妻しかいない。この時、それまでの夫婦のあり方が分かる。どれだけ夫婦が愛し合っているか、証明される。

「どうするの、どうするのよ」と攻める妻、唯唯《ただただ》さめざめと泣く妻、夫を蔑《さげす》み働きに出る妻――それ迄の夫婦のあり方の結果である。きつい結果が待ってます――

7 刑務所も病院も一緒である

夫は焦り腐り自棄《やけ》になり、どんどん再起不能となっていく。そして遂《つい》には妻に見放され、離婚となる。不景気で倒産が相次ぐと、このケースも正比例する。こんな夫婦に病は忍び寄る。

黙ってニコニコと普段通りに従《つ》いてくる妻、「あなたはこんな事で挫《くじ》ける人じゃないわ、頑張って」と励ます妻、夫の仕事の途《めど》がつく迄、働きに出て支える妻、「こうしたら、あしたら」と、夫に提案し、一緒に乗り越えようとする妻――それ迄の夫婦のあり方の結果である。

夫は妻に勇気づけられ、再建復帰に向かって懸命に頑張る。妻の愛に支えられ、感謝し、百倍の力を得て、前にも増して目覚ましい成果を上げる。完全復帰を遂げる。夫婦の絆は益々強くなる。

人生は順風満帆ではない。その如何《いか》なる時も夫婦は一心同体、パートナーである。そんな夫婦に病は近寄らない。

罪を犯してはならない。人を傷つければ罰が待っている。刑務所が待っている。刑務所に入ったからといって、刑期が終えたからといって、罪が消える訳ではない。償いが出来た訳ではない。唯、罰を受けた丈《だけ》である。刑期中に反省し、出所後はその償いをしなければならない。償いの準備をするのが刑期という時間である。

深い反省と償いの準備をせずに出所して社会復帰をしたら、又、悪い事をして刑務所に入る事になる。再犯、再犯と救いようのない人間になっていく。

病気になってはならない。病気になったら、その重さによっては仕事が出来なくなる。病院が待っている。刑務所も病院も一緒である。刑期が終わるまで出して貰えない。自由は束縛される。勝手な行動は出来ない。食事も不味《まず》い。朝は起こされ、夜は時間が来れば電気が消える。完全に管理統制されているのである。居心地の良い筈がない。中には稀《まれ》に、居心地が良いらしく、何度も行く人がいる。天涯孤独の人である。社会から弾《はじ》き飛ばされた人である。そんな人達の中に、刑務所や病院の方が天国だと、無理に罪を犯したり、怪我《けが》をして何度も戻って行く人がいるのである。

言いようの無い淋しさに駆られる――

8 恋患いは病ではない

病気は病気という名の罪である。刑務所も病院も反省と心懸《が》け次第で、出所も退院も早くなる。短縮出来る。病は何処からもやって来ない。自分で造っているのである。そして、自分で体罰を与えているのである。病気は病気という名の犯罪である。被告も原告も裁判官も本人なのである。

人は何故病に罹るのか。恋患いという言葉が有った。否、今でも有るのかも知れない。昔は男も女も純情で、この恋の病に罹った人が多かった。人を慕う事、人への想いを深くするのは素的な事である。若い時は皆経験するものだ。真《まさ》しく青春である。それが何故患いなのだ。

人は恋した時、胸がキューンと締まる感覚になる。その人の事を想う時、胸が詰まり、苦しくなる。

その人に面した時、心臓が早鐘のように鳴り、破裂しそうになる。患いという字は心臓を串刺しにした状態である。漢字は上手く出来ている。

恋をして、その想いを相手に告げられない時は、その想いが募《つの》れば募る程胸がキューンとなって、心臓が串刺しになる。頭の中は相手への想いで一杯になる。何処を見ても視界の先に相手がいる。何もかも相手に見えてくる。幻状態だ。思考能力は幻に占領される。食欲は減少し、睡眠時間も幻に奪われる。真しく、頭脳・視覚・聴覚・味覚と次々に乱れ、病状態である。恋をする事は素的な事なのに、何故苦しく、病状態になるのであろうか。

恋患いは病ではない。病の症状に似ている丈なのである。この恋患いは、その想いが相手に通じ、相手が受け容れて呉れた時、消滅する。一方通行の間だけ起きる現象なのである。

想いが相手に通じ、二人は交際を始める。恋は愛に発展する。相思相愛である。幻が現実となり、相手の事を想う時、胸が熱くなり心が躍《おど》る。血流が良くなり肌が艶々《つやつや》と光る。何を食べても美味しく、何を見ても綺麗に見える。周りの事が気にならなくなり、その寛大な心は少々の事では腹が立たなくなる。人に優しくなる。悩みは無くなり、幸福一杯になる。愛は人を育む。愛は人を成長させる。病には罹らない。病が発生しない。

と、順調にいけば良いのだが、その想いが通じない時、恋患いは頂点に向かい、不幸のどん底へと落ちていく。悶《もだ》え、苦しみ、身を焦《こ》がす。身も心もボロボロになり、ホンモノの病に罹る。胃や肝臓や肺に疾患が生じ、病院が受け付けて呉れる。対症療法で、それ以上悪化しないように努力して呉れる。然《しか》し、治る訳ではない。失恋の痛みを止めて呉れる訳ではない。

痛み止めはないものか――

9　愛とは無償の想いである

失恋の痛みを止める薬はない。自分自身で治すしかないのである。自分自身で治すのを助けて呉れるのは「時」である。時間である。

と、失恋の痛みがその心や体を蝕《むしば》む方に行けば治す方法はあるが、これが外に向いたら大変である。思いの通じない相手に無理矢理通じさせようとしたり、怨《うら》んで嫌がらせをするようになると犯罪行為へと繋がっていく。ストーカーから殺人行為へとエスカレートし、歯止めが利《き》かなくなる。精神の正常性を失い、コントロールが出来なくなって行くのである。こうなると危険極まりない。取り返しのつかない事になる前に、即、対象の人間から遠ざけなければならない。そして、隔離し時間を費け、正常に戻してやらねばならない。

失恋は人を成長もさせるが破滅にも追いやる。どちらに向かうかは本人次第である。

人を想う、人を慕う事は素晴らしい事である。その人の心を豊かにしてくれる。筈である。その想いが純粋であれば……。

純粋な想いとは、見返りを求めない気持である。想いを相手にも求めるから、純粋ではなくなる。想う丈で楽しくなる。嬉しくなる。その人の幸福を願う、その人の為なら何でもしてやりたい……それが純粋な想いである。決して相手に求めない。自分の事を想って呉れと求めない。

求める気持がなければ、自分が想っている丈で十分幸福であれば、落胆はやって来ない。失恋も存在しない。それが愛の姿である。

愛とは無償の想いである。決して見返りを求めない。自我を滅した、人への想い……それが深い深い愛なのである。人を好きになったら、その想う気持丈ではなく、その人の役に立つ事を考えよう。その人の嫌がる事は絶対にしてはならない。その人に喜んで貰う事を考えよう。その人を自分一人のモノに、自分の思い通りにしようとするから、それが叶わぬとなれば不幸になる。求めなければ不幸はやって来ない。失恋もない。ストーカーにもならない。純粋に人を想う気持が、その人を成長させ素的にしていく。

これがなかなか難しい――

10 自分を追い駆けると自分に追い駆けられる

純粋に人を想う気持になれれば、こんな素的な事はない。が、そうはいかない。其処に大きな障害が立ちはだかっているからである。大きな障害、それは他でもない「我」である。この「我」が人をなかなか成長させない。自我欲、自己愛、自己優先、自己中心、自己邁進《まいしん》、等々の精神が、生き方が強くなればなる程、その人を小さく醜くしていく。そして、そうさせたものは、その張本人は誰でもない、その人自身なのである。

病の大半は、その醜さから来る。その醜さが病の菌を生み育てる。

ストーカーも病人である、自我地獄に陥《おちい》った重病人である。怖ろしい病である。気に入った人を自分の物にする、自分の思い通りに服従させる——偏《かたよ》った征服欲が実行へと突き進む。其処に悲劇が待っている。加害者であると同時に自己破滅の結果が待っているのだ。独占欲、征服欲がエスカレートしてくると、もう自分でも抑えきれない。

自分ではコントロール出来ない。制御装置が壊れて了ったのだ。

こうなると、人の力を借りなければならない。一つずつ、この地獄から脱け出す方法を教えて呉れる人が必要である。

大体、ストーカーになる人は、元々友達が少ない。いない。

孤独な人がこの病に罹り易いのである。

友がいれば必ず相談する。友がアドバイスして呉れる。叱って呉れる。一人よがりの思い込みから、人を想う愛へと導いて呉れる。

人は誰しも友が必要である。お互いに助け合う事の出来る友、それが親友である。

親友のいる人にストーカーはいない。ストーカーになる人はいない。

人は一人では生きて行けない。一人では何も成長しない。

知識ばかりを披露《ひけらか》し、自慢ばかりする嫌われ者が結構居る。これも病気だ。

人を蔑《さげす》み馬鹿にしている自分が、それ故に人に蔑まれている事を知らない、本当の馬鹿である。病気である。

孤独は孤独であるというだけで病気である。人の成長は人と人とのコミュニケーションの中から生まれる、という原則を知らない人が多い。知らないどころか真っ向から反論してくる馬鹿が多い。これも病気だ。こういう病人に付ける薬は当分ない。時間が費かる。

自分を高めたいと高い所に登り、自分を打ちたいと滝に打たれ、自分に打ち克ちたいと自分と戦う。そんな事をすりゃ打たれ強くなって、余計自我が育って了うという勘違い……病気だ。その無駄に気付くには時間が費かる。

自分を追い駆けると自分に追い駆けられる――

11 全ての欲は全ての病の源である

人は何故病に罹るのか。人間、欲が無ければ病は存在しない。発生しない。欲が有るから、欲が強いから病に罹る。病に罹りたくなければ欲を捨てれば良い。欲を少なくすれば良い。が、これが難しい。簡単に欲を捨てられれば病気もない、犯罪も生じない。病院も警察も刑務所も要らない。喧嘩も起きない、誰も傷付かない。

欲を捨てるどころか、欲を持ちたい、もっともっと欲を持ちたいという人間が如何《いか》に多い事か。否、そういう人間が大半なのである。その欲が悪い方に向かうと人を騙《だま》す事になり、喧嘩になり、やがて戦争へと繋がっていくのである。

家庭教育が間違っている。学校教育が間違っている。競争心、闘争心を煽《あお》り、あらゆる欲を育んでいく。

金欲、物欲、名誉欲、征服欲を増幅させ、どんどん醜い人間に仕立て上げていく。

欲が欲しい、もっともっと欲を持たなければ勝ち抜いて行けない、生き抜いて行けない——何に勝とうというのか。

負け組みになりたくないと、その種々の欲を満たす事に努力する事を煽って来た結果は、どうだろう、言うまでもない。

喜びも悲しみも、怒りも楽しさも、その欲の結果の感情であり、一喜一憂なのである。私欲から生じた一喜一憂は全て自分の為であり、自業自得である。その事を理解、納得するには取り敢えず、この本の最後まで付き合うしかない。全ての欲は、全ての病の源である事だけ、頭に留めて置いて欲しい。

扨《さて》、金欲、物欲であるが、これが一番厄介《やっかい》である。世の中、金が無ければ生きてゆけない。陸の孤島で自給自足している人に金は無用である。金は何の意味もない。おまけに病気もしないから病院も要らない。人との競争や、闘争がないから警察も要らない。

では、この自給自足生活が究極の素晴らしい生き方かどうかというと、全然違う。究極の自我欲であり、自己満足であり、人間としては失格である。そういう人は生きていても死んでも世の中の、何の役にも立たない。毒にも薬にもならない、人畜無害《じんちくむがい》の存在なのである。

それは、唯の「人」という動物である。天地火風に融《と》けて、花や鳥と共存する、「人」という動物である。人間として生まれて来た意味がない。

じゃあ、どうすれば良いのかな――

12 孤独では本当の愛は学べない

我々はこの世に何をしに生まれて来たか、という事を知らねばならない。その目的の為に生まれて来たのだから。何の為に勉強しているのか分からない勉強程、意味のないものはないだろう。

何の為に生きているのか、という事を勉強しなければならない。何の為に勉強しているのか、という事を勉強しなければならない。

我々はこの世に「人」ではなく、人間として生まれて来たのである。

我々は人と人とのコミュニケーションによって、愛を学び、愛を育む事によって成長し、人間として素晴らしい人生を送り、来世に向かって旅立つのである。孤独では本当の愛は学べない。

離れ小島ではなく、混沌《こんとん》としたこの魑魅魍魎《ちみもうりょう》の世界で、清《せい》と濁《だく》を合わせ持った人間が、どうすれば素晴らしい人生を送る事が出来るのか。素晴らしい人生、素的な人とは、その人が査定判断するものではない。

本人が「私は素晴らしい人生を送っている」「私は素的な人間だ。誉《ほ》めてやりたい」なんて決めつけるものではない。唯の勘違い、思い上がり、自己満足である。

人の価値は本人以外の人が決めるのである。

本人が大した事をした積《つ》もりではないのに「あの人は凄い、あの人に助けられた」「あの人の生き方に感動した。勇気を貰った」と感謝され、尊敬され、本人以上に評価される事が本物の素晴らしい人なのだ。その評価に対して、大した事はしていないのだから、恐縮して逆感謝する。評価に対して感謝し、より一層の努力をする、それが本当の素的な人なのだ。

自慢話をしたり、威張《いば》りたがる人によく出会うだろう。その言動自体、自分の次元の低さとつまらなさを披露しているのだから、そういう人を尊敬する人はそれ以下である。本物の馬鹿である。馬鹿を尊敬する馬鹿である。

山に登って心も体も清めた積もりでも、山を下りて三日もすりゃ元の木阿弥《もくあみ》、無駄な時間を過ごしただけである。何か成長した積もりでも、積もりは積もり見積り書に過ぎない。評価は本人がするものじゃない。そんな暇が有ったら人の事を考えなければならない。人の事を想わなければならない。

自分の為に費やす時間は、無駄を越えて、自我欲ゆえに害となる。内にも、時には外にも害となる。病に罹る。

ムカついて反論したくなった人も、もう一寸我慢して――

13　人間は他の動物に劣る

自我欲に生きると病に罹る。遅かれ早かれ病に罹る。人を不幸に陥《おとしい》れると、やがて病に罹る。やがて不幸になる。その罪の重さに比例して病に罹る。

「自分の為にのみに生きては駄目だ」というと、反論が殺到する。はてさて……

どうも人間という動物には競争や闘争の好きな人が多い。多過ぎる。血湧《ちわ》き、肉躍《おど》るというのか、競争・闘争となると活き活《い》きして来るのである。どうして、そんなに勝ち負けに拘《こだわ》るのでしょうか。勝っては歓喜し、負けては悄気《しょげ》込む勝負の心理。勝っては相手に優越感を抱き、負けては屈辱感に苛《さいな》まれる。それによって勇気や根性が養われる。不撓不屈《ふとうふくつ》の精神が培《つちか》われる、という……。はてさて面妖《めんよう》な。養われ培われるのは勝とうという闘争心だけである。やがて戦争へと向かう恐ろしさに気付いていない恐ろしさである。

他の動物達は自分や家族を護る為に闘い、生活、生きる為に襲い、糧を得て生き延びる。其処にひたすらなものがある。自然の摂理がある。

どうも人間は自分の持ち物に満足せず、他人の物まで欲しがる人が多いようだ。どうも他の動物のように、その日暮らしが出来ない人が多いようだ。

いつまで生きているか分からないのに、人の物を奪ってでも十年、二十年、百年先の糧まで備蓄しようとする。そうしないと安心出来ない、という心の貧しさである。

必要以上の金を欲しがる醜い人間が多い。こういった馬鹿は、その馬鹿さに、その醜さに気付くまで、時間が費かる。否、生きている間に目覚める事もなく、今生を落第して、冥土《めいど》にいって了う人も多い。折角《せっかく》与えられた今生での命、今生での修業を無駄に費やして終わる……愚かな人間の如何に多い事か。次元の低さというより病、大いなる病である。

食欲、性欲、海水浴、じゃない快睡欲。この、動物界の無くてはならない、生きる為の三原欲。この三つの欲は、ある程度満たされなければなるまい。仙人ではあるまいし、霞《かすみ》を食って生きる事は普通の人では出来ない。餓死して了う。

生きる為の最低限の条件、三原欲は生きとし生けるものの権利であり、自然界の摂理である。

ここからが問題だよ——

14 三原欲から飛びたつには

食欲、性欲、快睡欲…この三原欲を充たす為に、生きとし生けるものの全てが、生きる為に、生き延びる為に、懸命に、必死に努力をする。そして、その夫々《それぞれ》の寿命が来るまで、この自然界に生息する。

扨、人間だが、この三原欲が足りた所から、その人の生き方が始まる。修業が始まる。三原欲だけなら他の動物と変わらない。唯々、食って出して眠るだけの、単純な循環動物、排泄《はいせつ》処理機である。

食物を得る事は必要不可欠である。生殖も人間を絶やさない為に必要である。だが、人間はそれだけではいけない。それだけの為に、この世に生まれて来たのではない。素晴らしい人生を送らなければならない。素的な毎日を過ごさなければならないのだ。

素晴らしい人生とはどんなものか、素的な毎日とはどんな毎日か……

毎日毎日を自分の事ばかり考え、自分の為にのみ行動する者を人は好きになるだろうか。愛されるだろうか。間違いなく嫌われる、愛されない。そんな決まりきった当然の事を、何故人間はして了うのだろう。そんな人が一杯いる。多過ぎる。

自我欲に取り憑《つ》かれた、自我地獄に陥った低次元の人間には、本当の幸福というものが見えていないのだ。三原欲の域から、その次元から脱け出さない限り、永遠に盲目で終わる。自分の事だけを見、人の事が見えない、見ようとしない盲目の病である。

自分だけの事を思っていると、人の言う事は自分の都合の良い事しか耳に入らない。都合の悪い事は耳に入っても出て行って了う。残らない。人の言葉を聞いても聴こえていないと同じである。聴覚障害である。

人を見、人の言葉を聞くから見聞が広まり、世の中が見えてくる。そうすると、自ずと自分の位置が分かる。自分の位置が分かれば自分の役割が分かる。役割が分かれば、行動が生まれる。三原欲の次元から飛び立つ事が出来るのである。

ところが、これが仲々簡単にはいかない。「人を見、人の言葉を聞く」という、素直な心境に至るには、最大の障害、御存知「我」「我欲」が立ちはだかっているのだ。最大の障害、最大の病である。

人は何故病に罹るのか、段々分かって来ただろうか。

病に罹りたくなければ、この「我」を少なくすれば良い、我欲を取れば良い。

さあ、どうすれば取れるかな――

15 魂で勉強する人にメモはいらない

我欲を取るには、取りたくならなければならない。取りたくもないのに取れる訳がない。厄介なのは、その我欲を取り去ろうと思う事自体、我欲であるという事である。「じゃあ、どうすれば良いのよ！」と、開き直る。それこそ「我」なのだ。厄介なのだ。

では「我」を取る方法はないのか……無い。

「じゃあ、諦《あきら》めるしかないのか、折角勉強して来たのに」

〝はい、済いません。実は何も御座居ません〟　これが私の答です。

〝一寸待って、此処《ここ》まで来たのだから、もう一寸待って私の話を聞いて下さい〟

字というものは読んではいけません。字を目で追い乍《なが》ら「心」で聞くんです。でないと、一万冊の本を読んでも「過ぎたる三原欲」と同じ、排泄処理機である。

皆さん、色んなセミナーに偉い先生の話を聞こうとお出ましになりますが、本と一緒で、一万回聴いても何の役にも立ちません。

先ず、「素敵な言葉だ！」と、メモをする人がいる。忘れないようにしよう、という意識が働いていますね。忘れて了うと勿体《もったい》ないから、高いお金を払ったのだから、為になるから、我が家の家訓にしても良いと思うから……ｅｔｃ

次に、壇上に上がっている先生自体、つまらん人が多い。ホンモノが少ない。メモをして貰って喜んでいる先生が多い。

素晴らしい、と思える事は誰でも言える。偉そうな事は、素晴らしい事は誰でも言える。誰でも書ける。

壇上で説教をしている人よりも、それを聴いている人の方が、余程《よほど》次元が高いという現場を何度か見て、笑って了った事が矢張り何度かある。

そもそも、メモを取らなきゃいけないような言葉に〝実〟は有りません。

人の心を打つ言葉というものは、人の心を奪うものです。時間を感じさせないものです。「言の葉の多き所に実は無し」と、昔から言われているじゃないですか。

人の魂を揺さぶる言の葉です。そんな素的な言葉、話を聞いて、何故メモが必要なのか、不思議である。

言って見れば頭で勉強する人にはメモが不可欠、魂で勉強する人には、壇上の人の一言一句を聞き逃がさない、一挙手一投足を見逃がさない集中力が不可欠、という事である。メモをしている暇は無い。魂で聞いているから、素晴らしい言葉は一生忘れない。これが本当の勉強会、セミナーです。

さあ、これからだ——

16 我欲のエネルギーを他欲のエネルギーに

言葉を言葉で憶えてはいけない。其処から伝わって来るものを、心に刻まなければならない。心に沁《し》み込ませる――それが心にメモを取るという事である。でなければ身に付かない。何の役にも立たない。

自分の為にする勉強は、それ自体が我欲であり、人にとっては「害」である。

人の役に立つ為の勉強は、それ自体他欲であり、人にとっては「感謝」となる。

「我」と「他」では天と地程の差がある。

我欲を取るのは、本当は、そんなに難しい事ではない。取ろうとするから難しい。坊さんのように、修業すれば修業する程難しくなり、自滅するか諦めて了う人が多い。

我欲（I．MY．ME）を取るには、我欲を少なくするには、その分他欲（YOU．YOUR．YOU）を多くすれば良い。または、我欲のエネルギーを他欲のエネルギーに転換すれば良い。我欲に生きて来た人にとって素晴らしい発見になるだろう。今迄とは違う感覚を味わうだろう。真の喜びを知るだろう。

我欲の喜びは束《つか》の間のものであり、他欲の喜びは深く広く、永遠のものである。真の幸福を掴《つか》む事が出来る。病気にはならない。病が発生しない。発生する原因がない。

人は何故病に罹るのか——。

風邪は万病の元という。馬鹿にしていると他の病を併発《へいはつ》し、やがて死に至たる。

風邪は心のすきま風、油断していると忍び寄ってくる。邪《よこし》まな風が吹いてくる。邪まな心に吹いてくる。風邪を引いたら即反省して、自我欲から他欲に転換しなければならない。そうすれば大病に到る前に回復する事が出来る。

人は何故病に罹るのか。人への愛より、自分への愛が深いと、その分、病を生み、繁殖させて了うのである。「不幸にも病に罹る」という事はない。有り得ない。全て、自ら原因を造っているのである。

勝手に風に乗って不幸はやって来ない。全て、自分の裡《うち》なる、自分が吹かしている風（風邪）なのである。

邪まなるものは、自分の中に停どまらず、風に乗って人に移ってゆく……害である。

逆もまた真なり。他欲に満ちたその愛は、風に乗って人に宿り、人々を幸福にする。素晴らしいエネルギーである。

病に罹って了ったらどうするか——

□病・自我からの脱出

17 病に罹るのは当たり前

人は誰しも病に罹りたくはない。罹りたくはないが罹って了う。

人は誰しも聖人君子ではない。清濁を合わせ持ち、その両極を行ったり来たりし乍ら世の大海を泳ぎ、喘《あえ》ぎ、疲れ……病に罹る。病に罹らず生涯を、長寿を全う出来る人は少ない。また、出来たとしても、果してそういう人が本当に素晴らしい人と言えるだろうか。

生まれついての聖人君子はいない。前世からの徳を一杯持って生まれて来たとしても、今生でそれを全て駆使《くし》出来る訳ではない。全ての人にその徳が当て嵌《はま》るとは限らない。

何十億という、今生きている人には、その数だけ生き方が有る。血液型のように四通りと決まっていれば、こんな簡単な事はない。干支や星座占いのように、十二通りで生き方や人生が決まっていれば、こんな簡単な事はない。

全て、何十億個、個性が違う。似ている事は多々有っても、全く同じという事はない。似て非なるものである。だから、人生は楽しく素晴らしいのだ。人工的にクローン人間なるものを造ったら、間違いなく人類は破滅する。皆違うから、それぞれの考え方、生き方が有り、それぞれの個性が磨かれ、光り輝くのである。

生まれ乍らの人格者というものは面白くも何ともない。人は悩み挫折《ざせつ》する。失敗して転げ落ちる。そして、其処から這《は》い上がって来て、味のある、魅力のある人間に成長していくのである。挫折するから人の悩みが分かり、失敗するから人の苦しみが分かる。

病に罹らなければ病の辛さは分からない。病に罹らなければ健康の有難みが分からない。だからといって有難みが分かる為に、わざわざ病に罹る事はない。病に罹らなくとも有難みが分かる方法は有る。幾つか有るが、それはもう一寸後に述べる事にする。

取り敢えず、病に罹って了ったらどうするか、だ。

罹って了ったら仕様がない。クヨクヨしても仕様がない。クヨクヨ悩むと病の思うツボ、どんどん攻め込んで来て、どんどん悪化する。そして、這い上がる事の出来ない地獄へと落ちていくのである。

病に罹ったら、病に罹るのが当然と思う事。

「え？　何故？　何故私《わめ》が病に罹るの？　そんな馬鹿な！」と驚き、まるで強盗に丸裸にされたかのように嘆き、喚く人がいる。自分だけは病に罹らない、と過信している人に多い。

バカは貴方だ。

どんなバカか――

18 幸も不幸も自ら招く

「病は気から」と良く言われるが、その通り。その通りなのに良く分かっていない人が多い。頭で知っているのと、理解出来ているのとは全く違う。正確に言えば、病は気から来るのではない。病、そのものが気なのだ。だから病気という。〝気〟そのものが病の本体なのである。

気が病むとやがて、それが体に障害（症状）となって表われる。その重さに応じて、その随所随所《ずいしょずいしょ》に顔を出す。

気が本体であるという真理を理解すれば、慌《あわ》て騒ぐ事は何もない。原因が分かっているのだから……。なのに、体に症状が現われると、直ぐに薬屋に走る人がいる。直ぐに病院に駆け込む人がいる。薬で一時的に症状を止めても、肝心の病気とは何等関係は無い。注射を打って体の痛みを一時的に和らげても、肝心の病気には何の影響もない。付け焼き刃の一時凌《いちじしの》ぎなのだ、という事を認識しなければならない。

病の本体「気」を治すのは他でもない、本人である。〝本人が治す〟という大前提に立って治療に取り掛からなければならない。あまりにも分かり切った此《こ》の真理を、どれだけ理解出来ているかで、天国と地獄に岐《わ》かれる。

理解が浅いほど依存心が強く、その依存心は自らの体を蝕み、最悪の事態に追い込む。理解が深いほど反省心が強く、感謝が芽生える。反省の念は病を癒やす。感謝の念は自己治癒力を増幅し、奇蹟をも起こす。

先生に叱られた、と腹を立てる子がいる。原因は宿題をやらずに怠けていたからだ。逆恨《さか》みをせず、先ず素直に謝って、直ぐ宿題に取り掛かる事である。そして提出すれば、先生に叱られる理由が無くなる。腹を立てる理由も失くなる。

ところが、宿題を自分でやらずに、親や友達にやって貰って提出したとすればどうか。宿題を提出したのだから先生は叱らない。こうした事を繰り返していると、後に取り返しの付かない、怖ろしい事になる。学力が低下し、授業に従いてゆけなくなり、遂《つい》には学校にも行けなくなる。

頼まれた親や友達を薬と病院に、先生や学校を体に例えると解かり易い。

人は皆、幸も不幸も自ら招いている。勝手に向こうからやって来るのではない。

その人その人の内に生まれ、育まれて〝幸〟に、蝕んで〝不幸〟となって、湧き出し吹き出して来るのである。その具現が体の症状(苦しみ)となって出た時に、人は病気と称《よ》び、喜びとなって出た時は幸福と称んでいるのである。

全ては自業自得である。　だあーれのせいでもありゃしない――

19 生まれて来た時は皆五十歩百歩

病の本体が〝気〟であると知る事は出来ても、本当に理解出来る人は少ない。風邪を引いて高熱に苦しむと、矢張り一生懸命薬を飲んで治そうとする。病院に駆け込んで注射に依《よ》って熱を下げようとする。いざ、となると結局依存心が優先する。病は、その人の「気」の欠点を体に示して教えて呉れているのである。これが真に理解出来て、始めて回復へと向かう事が出来る。

病に限らず、仕事や人間関係で上手くいかない事が起きると、予期せぬ受難と嘆く人がいる。「自分は何も悪い事をしていないのに、何故?」と疑問に思う。そして遂には、人や巡り合わせや、天の所為《せい》にする。どうしても自分が悪いのだという事を、認めようとしない。それどころか、自分の欠点に気付きもせず、他や天に迄責任を押し付ける。貴方もそういう人を見た事があるだろう。これはなかなか重症です。相当叱ってやらないと気付かない。中途半端だと逆恨みされて了う。相当《かなり》の情熱を以って叱ってやるか、時間が費かっても良いから、本人が素直になる迄待つしかない。中途半端は絶対に駄目である。

良い結果が出れば全て自分の手柄、悪い結果が出ると全て他人の所為、なんて性格の人は愛せない。愛せないどころか友達にはなりたくないだろう。然し、放って置いたら自業自得で自滅するか、他に害を及ぼす。自己中心の生き方は周囲を不幸に巻き込む。

誰しも、人を不幸にする嫌われ者にはなりたくないだろう。

誰にも相手にされなくなって、やっと気付くのは厭《いや》だろう。

自己嫌悪に苛まれ自殺したくなる迄陥りたくないだろう。

ならば、どうすれば良いか。

何時も自分が嫌われ者ではないだろうか、人の役に立っているだろうか、と点検する事である。そして、心当りがあれば直ぐに反省し、謝罪し、是正《ぜせい》する。そうすれば、大病大難に至らずに済む。人を傷付けずに済む。其処に成長がある。

人は皆、完成された人間として今生に来たのではない。皆、欠点だらけで生まれて来ているのだ。生まれて来た時は五十歩百歩、大差はない。

完成されてれば今生には来ない。皆、欠点だらけだから今生に修業に来ているのである。

人は、どう修業し、どう生きるかで差が付き始める。

短くもあり、長くもある人生。その一日一日をどう生きるかで、人の値打が変わってくる。差がどんどん付き始める。それがやがて大差となり天と地程違ってくる。

貴方は天か地か、どっちを選びますか――

20　才能と人間性は別物である

人は皆、素的になりたいと思っている。人は皆、素晴らしい人生を送りたいと思っている。と、思いますか？　素的な人間、素晴らしい人生を誤解してはいませんか？　自分にとって都合の良い素的であり、素晴らしい、ではありませんか？

本当の素的、本当の素晴らしさを知った時、多くの人はその望みを捨てる。素的にはなりたくない、素晴らしく生きたくはないのだ。

本当の素的、本当の素晴らしさを本当に望むようになるには時間が費かる。望まないから時間が費かる。生涯望まないで死んでゆく人が多い。死ぬ間際にやっと望む人がいる。遅い。

人は素的になればなる程、「我」が取れていく。素晴らしくなればなる程、「我」が少なくなっていく。その人の中に自己への欲が住み着けなくなって行くのだ。

多くの人は有名になりたいと思う。卓越《たくえつ》した才能を持った人を素的だと思う。卓越した才能を発揮すれば有名になり、人々の羨望《せんぼう》の的となり、自分もなりたいと思う。その人が目標で、希望で、勇気となる。素晴らしい事である。とても良い事である。

が、それが純粋な尊敬で、憧れで、目標なのと、唯、その人のように有名になりたい、唯、その人のように卓越した才能を発揮したいと思うのでは、天と地程の違いがある事を知らなければならない。

卓越した才能（技術）の持主が、卓越した人格者であるとは限らない。才能に溺《おぼ》れて身を持ち崩していく人が多い。素晴らしい才能と素晴らしい人とは必ずしも一致しないのである。

では、何故素晴らしい才能を持ちながら、身を持ち崩して終《しま》うのか。

それは目標の源、根本が間違っているからである。

有名になって人々の羨望の的になりたいという名誉欲、それによって得る富という物欲、この二つの柱によって建った城は、その〝小我〟という小さな城は、やがて崩れる運命にある。

多くの人は名誉と富を美と考え、目標とする。多くの人は金さえ有れば何でも買える。買えないものは何一つない、と豪語する。そして、その瞬間から奈落《ならく》の底へ真っしぐらに落ちていくのである。落ちてから、落ちた事に気付き、落ち込む。只の馬鹿である。人間としては未だ幼稚園にも行けない。幼稚児なのである。

ホンモノ探しはこれからだ——

21 ホンモノを求めてはいけない

才能と人間性は別物であるという事が解っただろうか。才能が有るから素晴らしい人だと決めつけてはいけない。欺《だま》されてはいけない。

だが、才能と人間性が一致すればどうだろう。心・技・体が揃《そろ》って素晴らしければ、これはホンモノである。

此のホンモノ中のホンモノは結構沢山居る。路傍《ろぼう》の石の如く、ゴロゴロと貴方の身近に居る。沢山居るが誰がホンモノか見つける事が出来ない人が多い。

見る目が無ければ見つける事は出来ない。自我欲、自己中心の曇った汚れた目には、目の前にホンモノがいても判らない。ホンモノであればある程、見極めるのが難しい事も事実である。

ホンモノであればある程目立たない本質を持っている。ホンモノは質素である。

ホンモノに飾りはなく、限りなく無に近い。ホンモノであればある程、只の人なのである。

ホンモノを求める人は、その求める事自体ニセモノである。求めれば求める程、ホンモノが分からなくなる。目の前に居ても分からない。もし分かったとしたら逃げ出して了うだろう。求めていた曲《くせ》に逃げ出して了うだろう。自分が恥ずかしくて、自分にはホンモノになる資格は無いと逃げ出して了う。

ホンモノはホンモノを求めない。ホンモノだから求める必要がない。ホンモノは誰をも愛する。誰をも差別しないから殊更《ことさら》にホンモノを求めない。ホンモノは何も求めない。

ホンモノは与える事のみ考え、実行する。又はそうしようと日々努力している人がホンモノなのである。何時も人が先で、自分が後の人である。人の喜びを自分の悦びとし、人の悲しみを自分の哀しみと出来る人である。

自己顕示欲《けんじよく》の強い人は到底ホンモノにはなれない。有名になりたい人、贅沢《ぜいたく》をしたい人、人の物を奪ってでも欲しがる人……こういう人はホンモノとは縁遠い。自分の物を人に与えたり譲る位なら死んだ方が良いという様な輩《やから》は生きながら死んでいる。その自己愛、自我欲の塊は人を傷つけ、不幸にする。害人である。

ホンモノを求めてはいけない。自分がホンモノにならねばならぬ。ホンモノを見つけても自分がホンモノになれる訳ではない。ホンモノの本質を確《しっか》り見極め、自我を少しずつ少なくしていく訓練を、日々怠らず実践していく事しか方法は無い。それがホンモノへの道、唯一の人間修業なのである。一つ一つ捨ててゆく事の難しさ……ホンモノは自分の裡にある。

貴方に出来るかな――

22 人間はどんどん平和から遠退いていく

人は平和を求めている。戦争のない世界を構築したいと思っている。人類、皆平和で、幸福でありますようにと、誰しも願っていると貴方も思うだろう。

果して本当に皆が皆そう思っているだろうか。真に心底からそう願っていると言えるだろうか。国と国とが武器を駆使して戦い合う事を戦争と言ってるのではなかろうか。勿論、それは多大な犠牲を出す大きな戦争である。起きてはならないものである。

国と国との戦争も元はと言えば、個と個の衝突《ぶつかり》から始まる。国を引っ張るリーダーとリーダーの喧嘩から始まり、そしてその取巻きの一握りの人間達が、国民を捲《ま》き込んで戦争へと突き進んで了うのである。元はといえば個である。

どうも人間というのは競争心、闘争心が強い。動物だから当り前と言えば当り前だが、この競争心、闘争心が戦争を生み出す根源だとすれば、それが消滅しない限り人間社会から戦争はなくならないだろう。永遠に平和は来ないだろう。

この地球に生きる人間全員が仏やキリストの次元に到達しない限り、平和にはなり得ない。

人は平和を願っていると言い乍ら、その反面競い合い闘う事に燃えている。

スポーツもそうである。オリンピックも嘗《かつ》ては「参加する事に意義がある」と勝敗は兎《と》も角《かく》、フェアにお互いの力を出し切り、その祭典を通じて国と国との交流を深めたのである。が、今や「勝たねば意味がない」「金メダル以外はメダルではない」と、勝つ事のみに専念している。これはもう戦争である。勝つ事のみを称賛する国民が、選手を闘争心の塊《かたまり》にして了っているのだ。

受験もそうである。学歴社会が受験戦争で子供達を地獄へ引き摺《ず》り込む。人は勝敗の渦に捲き込まれ、勝組になろうと必死に戦い、勝てば驕《おご》り、敗ければ卑屈になり、地べたを這い摺り回る。

人は平和を願っていると言い乍ら、日常で戦争をしているのである。親が子を、子が親を殺し、兄弟間の争いも日常茶飯事で行われている。道を歩けば普通に見える人間がいきなり襲って来る。家の中にいても突然の乱入者に金品を取られ、命をも奪われる。国が国を侵略する事だけが侵略ではない。侵略は個と個の間で日常茶飯事起きているのである。アメリカでは成人は皆拳銃所持を許されている。自分以外は皆敵と思えと言ってるようなものである。

人間はどんどん平和から遠退いていく。世の中は殺戮《さつりく》と病が蔓延《まんえん》し、地球全体を滅亡へと追い込んでいく。　　救われる道は、助かる方法は……

23 浮気に時効はない

自我からの脱出は結構難しい。宗教家が何十年と修業しても脱出出来る人が果して何人いるか。まして巷《ちまた》の、魑魅魍魎《ちみもうりょう》の競争社会にあっては至極至難の技である。俺が俺が、俺は俺はと自己主張し、人を撥《は》ね除《の》け、踏み潰しても勝つ為に生き残る為に、生命を賭けて戦う。

企業戦士、頭脳戦士に明日はない。心の平安、平和はない。頭の中は数字ばかりが飛び交って、人間本来持っている素晴らしい感性を置き去りにし、何とも得体の知れない怪物と化していく。そして退職した時、幼少期のままストップしている感性に気付き愕然《がくぜん》とする。何も成長していない自分にやっと気付くのである。そして、追討《おいう》ちを掛ける様に妻から離縁状を突き付けられる。

「何故だ、何処が悪いんだ？　俺は妻や子、家族の為に必死に頑張って来たんだ。何故こんな仕打ちを受けなければならないんだ！」と叫びたくなる。

「不自由のない生活が出来るのは、一体誰のお陰なんだ。感謝はされても不満や恨みを持たれる事は何もない筈だ」と、腹の立つのを越えて泣きたくなってくる。

勘違いに気付かなければならない。でないと本当に離婚されて了う。

結婚して家庭を持った限り、家族の為に働くのは当たり前の事である。義務である。家族を養い、生活を安定させるのは夫として、人間としての最低の条件である。感謝を要求する程のものではない。家族の為家族の為と言って、実は自分の事業欲の為ではなかったか。競争社会で戦う事に生き甲斐《がい》を持っていたのではないか。それが証拠に、リタイアした途端《とたん》、何をしたら良いか分からなくなる。何かしたくても、出来るものが見つからない。無能な自分を発見する。此処で勘違いに気付かなければならない。

仕事に夢中になる余り、妻や子を思う気持が足りなくはなかったか。妻や子が何を考えているか、理解出来ていただろうか。妻や子を本当に幸福にしたいと思って来ただろうか……。

満点であれば親子の断絶はない。引き籠りの子にはならない。離縁状は突き付けられない。家族を裏切って浮気をした事はないか。もう随分昔の事だ、と思っていたら大間違い。浮気は家族全体への裏切りである。家庭の崩壊へと繋がる。決して許して貰えるものではない。事業の信用よりも家族の信頼は修復が遥かに難しい。夫の家族への裏切りは時効のない罪となって墓に入ってまでも償わされる。命日には家族が墓前で手を合わせ、ぶつぶつ、ぶつぶつとお経ではなく文句を垂れる。本人死しても永遠と文句を言われるのである。

自己中心で生きて来た罰である。　自我からの脱出は難しい――

24 人生は幸福の荷を運ぶ航海…

人の世は短く長く
ひたすらに
生きてこそある　今のやすらぎ

人生は短くもあり長くもある。一日一日が充実していて中身の濃い毎日を送っている人には人生は短いだろう。その人の寿命が来た時、自他共に短いと実感する。

寿命というものは誰にもやって来る。唯、短いか長いか丈である。一日一日がつまらなく、中身の薄い毎日を送っている人には、人生は長いだろう。その人の寿命が来た時、自他共に長いと実感する。それで良い。それで良い筈だ。

いつも人の為を想い、いつも人の為に動ける人は素晴らしい。必ず尊敬され、感謝される。そういう人に寿命が来た時、人々は「惜しい人を失くした」と言う。もっともっと役に立って欲しいからだ。もっともっとその人に要求したいからだ。人は欲が深い。死しても未だ要求する。だから本人も、もっともっと役に立ちたいのに「残念」と息を引き取る。その人の人生は自他共に短い。

いつも自分の為を思い、いつも自分の為に動く人は醜い。必ず軽蔑され、憎まれる。そういう人に寿命が来た時、人々は「ああ、やっと死んだか」と言う。

人は裸で生れ来て
何も持たずに死して逝《い》く

物理物理を追い掛けて、我欲を幾ら満たしても、何も持っていく事は出来ない。人の心に何も残す事は出来ない。死すると同時に「あっ」という間に忘れられて了う。それ位に短く軽い人生なのである。

人の為に生きた人は、人々に一杯感動を与え、尊敬と感謝に包まれ、抱え込めない程の幸福を持って、次に旅立つ。その人にとって、人生は幸福の荷を運ぶ航海なのだ。

人の世の長短は、人の心の長短である。その人の寿命は誰も知らない。天のみぞ知る。人の未来は一分一秒先の事も分からない。分かったような事を言う輩は、占いも含めて、全てインチキである。一分一秒先が分からないから、明日死するかも知れないから、今日が大事なのである。今日を充実させなければならないのである。

扨《さて》、今宵《こよい》もひたすらに、人を想い酒を汲《く》むか――

25　自我の湾から漕《こ》ぎ出そう

人は皆、自我という湾から漕ぎ出して、愛という大海に船出しなければならない。我欲という自縛《じばく》に捕われ、一生湾から出られない人が多い。多過ぎる。最も悲しい事は、その事に何の疑いも持っていないという事だ。自分の為に生きて何処が悪い、自分を大切にして何処が可笑《おか》しい、自己確立を目指すのは素晴らしい事ではないか。信じられるのは自分だけだ。贅沢がしたい、そして人を見下したい。どんな方法でも良い、金を持った者が勝ちだ。人の幸福より、自分の幸福の方が先だ……。

食欲、性欲、物欲…それがエスカレートしていくと様々な不幸を巻き起す。優越感、劣等感から始まり、嫉妬《しっと》憎悪《ぞうお》が増幅され、名誉欲征服欲が深まり、騙し合い略奪し合い、殺し合い…やがて、大きな戦争へと埋没していく。限りない破滅へと向かっていくのである。全て、欲という湾から脱け出せない結果である。

湾内で我と我が戦っていてはいけない。湾岸で睨《にら》み合っていてはいけない。

我々は地球一家の家族である。家族同士で争ってはいけない。

今、正に腐りつつある自我という凶器が、一個一個の家庭内で、夫が妻に、妻が夫に、親が子に、子が親に、そして隣人へと猛威を奮い、日常茶飯事で殺戮が頻発《ひんぱつ》しているのである。

愈々《いよいよ》、人類滅亡、自滅の危機がやって来たのか。否否、そんな訳はない。確かに人類存亡の危機をも感じさせる出来事が多い。然《しか》しそれは一握りの人間の仕業に過ぎない。一握りの悪業に過ぎない。

確かに一握りの悪業の影響は大きい。簡単に人を殺し、沢山な人を不幸に陥れる。それに比べ善業は、目立たない。一人の善業の影響は小さい。沢山の人を幸福に導くには非力であり、その上地味で気が遠くなる程の時間が費かる。が、その忘我と自己犠牲の精神に溢《あふ》れた人達が、自我の湾から脱け出して世界のあちこちで活躍している。その数は日に日に、見る見る増え続けているのだ。人種、年令の違いを越えて、天使達は何処にでも出没し、ボランティア活動に生命を捧げている。一人一人の力は小さいが、この大きな運動は、やがて地球を綺麗にし、滅亡から救ってくれるだろう…。

自我地獄に陥っている諸君、病気に罹っている暇はない。

自分の事で精一杯なんて言ってるから病に罹るのだ。

今こそ、自らの力で自我湾から脱け出して、愛の大海に漕ぎ出そう。

其処には本当の人生がある。

其処にはホンモノの世界がある。

□人は何故生まれて来たか

26 人は様々な人生を送る

人は何故生まれて来るのか。他の生物と同様、生殖の為のみに生まれて来るのか…否。

人は何故生きるのか。他の生物同様、食欲性欲睡眠欲の為のみに生きるのか…否。

人は一人で生まれ来て一人で死して行くのか……否。

人は生まれ来る時、生まれて来たくて生まれ来るのか……否。生まれたくないのに生まれて来るのか……否。人は何故生まれて来るのか……


何故生まれて来たのか、を知らずに生きていく人は不幸である。

何故生きて来たのか、を知らずに死んでいく人は不幸である。

人は何故死にゆくのか、を知らずに死ぬ人は不幸である。


その子は両親の生殖行為によって、母親の胎内に宿る。

その子は胎内で育ち、やがて世に誕生する。その誕生から死までの時間を人生という。

その子がどういう人生を送るかは、此のスタートラインの〝誕生〟が大きく大きく関わり、左右する。

両親が愛し合い、周りにも祝福され、恵まれた形でその子は誕生する。幸福のスタートラインである。

両親に愛がなく、周りにも反対され、不遇の形でその子は誕生する。不幸のスタートラインである。

人は様々な誕生をし、様々な人生を送る。人は皆違うのである。人と自分を比べてはならない。同じ人生を送るのではないから比べ様がない。

同じ様な境遇の、幸福な誕生をした人達が、皆幸福な人生を送るとは限らない。どう生きるかによって幸福になるか、不幸になって地獄に堕《お》ちるか……それはその人自身の生き様の結果である。

他力によって人は幸福になる事はない。幸運とは、自分が招いた結果なのである。

他力によって人は不幸になる事はない。不運とは、自分が招いた結果なのだ。

全ての原因は自分だから、幸も不幸も人と比べ様がない。比べても全く意味がないのである。人を羨んでいる人は其処が分かっていないのだ。たった今から羨《うらや》むという汚い心を捨てて見よう。霞んでいた眼がスッキリして、身も心も軽くなってる自分に気付くだろう。

27 死とは借り物の肉体との決別である

人は生まれて来る限り、生きる義務がある。

人は生まれて来た限り、生きる権利がある。

人は何故その義務を放棄して自殺をするのか。どんなに辛い、どんなに苦しい状況に追い込まれても、人は自殺をしてはならない。自殺をすると楽になる、現世の苦から解き放たれるという誘惑に駆られ、自殺をする。自分の犯した罪を死を以て償おうと自殺をする。自殺をしても何も楽にならず、何の償いにもならないと言う事を知らねばならない。

人は皆、魂で生きているのである。人の本体は魂である。人の魂は未来永劫《えいごう》、永遠と生き続ける。魂は現世に、その与えられた肉体を借りて生き続ける。与えられた肉体を通して修業をする。

生とは魂であり、永遠のものであり、死とは借り物の肉体との決別である。

この借り物の肉体は皆条件が違う。一緒の物は一つもない。その短くもあり長くもある〝寿命〟を持った肉体との決別が、今生での死である。

今生での別れと同時に、魂は来世へと向かう。続きを生きるのである。

魂は今生での肉体に出逢い、宿り、その肉体を通じて様々な事を勉強させて貰うのである。魂は肉体に宿らない限り人になれず、成長する事も出来ない。その与えられた借り物の肉体を粗末にして、寿命前に病死したり、自殺をしてはならない。魂の修業の場を、その期限まで使わず、あろう事か自ら縮めたり、消滅するという事がどういう事か…その怖ろしさを知らねばならない。

良い物を与えても大事にしない人には、次には良い物を与えたくなくなるだろう。良い事をして上げても感謝の足りない人には、何もして上げたくなくなるだろう。

今生での肉体を粗末にした魂は、来世で〝感謝〟を勉強する為に不具、不自由の肉体に宿る。その不自由な肉体の中から生きる喜びを知る。与えられた命（肉体）に感謝する。どんな状況でも、どんな条件でも生きる義務がある事を学ぶ。決して与えられた肉体を粗末にしたり、自ら消滅させてはならない事を知る。知らねばならないのだ。

今生での苦難は全て自分が行った事の結果だから、必ず自分でその苦難を乗り越える事が出来る。自分の尻は自分で拭《ぬぐ》わねばならぬ。誰も拭《ふ》いてはくれない。その努力もせず、その肉体を殺したら、その後に恐ろしい天罰が待っている事を知らねばならない。今生での修業は、その与えられた肉体で寿命まで、自ら縮める事なく懸命に生きる事にある。決して逃げてはならない。必ず解決の道がある事を信じ、寿命まで生き抜こう！

28 人の命を奪う権利は人には無い

人は生まれて来た限り、生きる権利がある。

人は現世に生まれ、その与えられた肉体を駆使して今生を生き抜き、その寿命を全うする。

その短くも長い人生を、その寿命まで生きる権利がある。その権利を自ら放棄してはならない、自ら放棄すると、直ぐに後悔する事になる。肉体の無い、自己表現の出来ない透明人間に何が出来ると言うのか。幽霊となって現世を彷徨《さまよ》うだけなのである。苦悩と後悔だけの魂が延々と現世を彷徨《ほうこう》する。

ましてや、人の命を奪ってはならない。如何なる理由があっても人の命を奪ってはならない。

人の命を奪う権利は人には無い。天に与えられた命（肉体）は、その本人が天に返すものなのである。人が代りに返すものではない。その様な権利は与えられていない、誰にも。復讐《ふくしゅう》で人の命を奪ってはならない。意味が無い。悪業を働いたのは、その人間の肉体ではない。その人間に宿っている魂なのである。肉体を滅ぼしても魂を滅ぼしてはいないのである。意味が無い。八つ当りしているようなものである。

魂に罰を加える事が出来るのは天のみである。天に全てを任せておけば良いのだ。必ず天罰が下る。

　物欲で人の命を奪ってはならない。金品欲しさに人を襲い、金品のみならず、その人の命をも奪って了う。極悪非道の所業……その罪は重い。その穢《けが》れた魂は、何度生れ変って来ても償いの人生を課せられる。延々と不遇の人生を強《し》いられる。

　その場凌ぎの短絡な衝動で人の命や金品を奪えば、その直後から恐ろしい天罰がやって来る。犯罪は割に合わないという事を知らねばならない。

　肉欲で人を凌辱《りょうじょく》してはならない。無理矢理人を襲い性欲を満たしてはならない。その魂は人ではなく野獣のものである。性交渉は同意以外には成立しない。同意以外の性交渉は人の行為に非《あら》ず、悪意に満ちた汚ない行為なのである。人を襲って肉体を凌辱しても、人の心の伴わないものは人形を襲っているのと何等変りはない。何の意味もない。然し、襲われた人は身も心も傷つき、生涯その恐怖と人間不信に苛まれて生きて行かねばならない……。その罪は重い。生れ変って来て自分の行った十倍も二十倍も凌辱を受ける事になる。

　人は生まれて来た限り生きる権利がある。その命を、生んだ親だからといって、子を殺してはならない。

　どんな理由があろうと、子は親を殺してはならない。その罪は限りなく重い……

29 天は悪魔を此の世に送り込む

或る人は此の世に修業の続きをする為に生まれて来る。
或る人は此の世に罪を償う為に生まれて来る。
或る人は此の世に御褒美《ごほうび》を戴く為に生まれて来る。
或る人は此の世に人を救う為に生まれて来る。
或る人は此の世に人を幸福へと導く為に生まれて来る。

何《いず》れにしても決して人を傷付け、人を不幸に追い込む為に生まれて来たのではない。人は此の世に悪魔になる為に生まれて来たのではない。罪を償う為にと、天と自分を偽ってまで此の世に生まれて来る理由は、一体何なのか…。

反省のない魂が此の世に生まれて来るのは、前生でやり残した悪事悪業を現世でやり尽す為なのか。前生で失敗した悪事を現世で成功させようと、悪魔世界構築の為に生まれて来るのか。そして天は、何故それを容認するのか。悪魔を容認すれば、永久に地球は平和にならないではないか。

天が人に共存共栄、平和を求めるのであれば、悪魔を現世に寄こさなければ良いではないか。純粋に真面目に、愛を磨こうとする魂だけを選んで、此の世に誕生させれば良いではないか――はてさて、面妖な。と思う人が多いだろう。

　天は何故、わざわざ悪魔を此の世に送り込むのであろうか。悪魔にも色々あるが最悪の悪魔は、戦争を仕掛け惹《ひ》き起す悪魔である。これは大量の人の命を奪うだけではなく、地球を大きく傷付ける。大切な自然を破壊する。戦争は人類を滅亡へと誘《いざな》うのである。

　地球には何時の世も悪魔が存在し、人心を惑《まど》わし人々を戦争に捲き込む。

　大きな犠牲を出して戦争は終結し、人々は命の尊さを知り、平和の有難さを身に沁みて知る。天の荒療治である。そして、世の中に平和が戻り、皆幸福に暮らしたとさ、という訳には行かない。喉元過ぎれば熱さも忘れ。人は戦争の悲惨を厭という程思い知らされた筈である。それが時の経つ中に少しずつ忘れ、又、自我欲が芽生えて来るのである。競争心、闘争心が湧いて来る。人の物を欲しくなる。人の物を奪ってでも欲しくなる。そんな時、悪魔が登場する。時代の申し子のように登場する。人々は、あっという間に悪魔に煽られ、服従する。戦争へと突き進むのである。

　人は経済的にも精神的にも余裕がある時は、貧に窮《きゅう》した人を見て、慈悲の心を持つ。慈悲の心を持つ事が出来る。だが……

30 その人の本性は隠す必要もなく顕《あらわ》れている

人は余裕が有るから人の事を考え、慈《いつく》しみ、施《ほどこ》す事が出来る。だが、自分に火の粉が降り掛かって来たらどうだろう。そんな時、人の事を考えていられるか。自分に降り掛かる火の粉を払うのに精いっぱいになり、人の事等何処かに飛んで了いはしないか。

自分が貧に窮した時、それまで有ったと思われる慈悲の心は跡形も失くなり、自分の欲を満たす為にのみ奔走《ほんそう》し、遂には人の物まで欲しくなりはしないか。

人の心は、人の魂は状況に応じて仏や神にもなれば、鬼や悪魔にもなる。善と悪が同居する「人」という動物、厄介な動物である。

人は究極の事態に面した時、本性が露呈する。善きも悪しきも、夢中になった時、その人の本体が飛び出して来る。

人は普段、魂（本性・本体）を心（学習による教養）というオブラートに包んで生きている。その魂は普段、心の奥に隠れてはいるが、よーく見ると心の表面に滲《にじ》み出ている……隠そうとしても、隠した積りでも滲み出ているのである。観察力の有る、洞察力の深い人は、それを発見出来る。服装や飾りの言動に惑わされる人は、修業が足りない。次元が低い。

自分が貧に窮していても、人の事を想い、自分の事を後にして人の為に奔走している人を見た事があるだろうか。その人こそホンモノである。その人こそホンモノに近い人である。その人にも有る善と悪の比率、善の部分が悪より遥かに多い人、魂の高尚なる人、次元の高い人である。ホンモノである。二重顎や太鼓腹、高級車に乗って豪邸に住む人はニセモノである。それ丈で自我を優先している証しである。

その人の本性は、隠す必要もなく顕れているものです、よーく観れば。

天は人の内なる善と悪、その善が悪に打ち克つ為に、我々を今生で修業させて呉れているのである。

その善をホンモノにする為に、天は悪魔、サタンを差し向ける。戦争という大きな犠牲を払って、人類は勉強しなければならないのである。

31 何時の世も救世主は存在しない

天は悪魔を此の世に差し向けるが、救世主は差し向けない。ホンモノの救世主は何時の世も存在しない。過去も現在も未来も存在しない……。

救世主は幻影である。宗教が編み出した手段である。人類が生み出す偉大なる依存心である。

救世主が戦争から人間を解き放ち、平和を齎《もたら》す方法を発揮出来るならば、もう、とっくに世界は平和になっている筈である。そんなものは人間社会に未来永劫存在しない、という真理にソロソロ気付く人が現れなければならない。

他力本願の依存心ばかりを植付けられた人は、ソロソロ目覚めなければならない。救世主は居ないのだ、という事を認識する時が来ているのだ。天が悪魔を差し向け、その対称として、救世主を差し向けて呉れると信じてる間は、何度も何度も悪魔に負け、戦争に捲き込まれ、大きな犠牲を払わなければならない。地球は永久に闇の中である。

ホントの平和に辿り着く日は、程遠い。気が遠くなる程、遠い。遠いが必ず行き着く。到達点である事にも違いはない。何故なら、我々はそのホンモノの平和に向かって生きているのだから。我々は懸命に努力して、その到達点、真の平和に一日でも早く辿り着かねばならない。でないと、怠けていると、破滅が先にやって来る。救世主等を待っている心を捨てて、一人一人が成長しなければならない。一人一人が、先ず内なる悪と戦い、それを制し、天の差し向ける悪魔と戦わなければならない。

人類は皆兄弟で、家族であるという真理を把握した時、その愛を身に着けた時、我々は悪魔、サタンに打ち克つ事が出来る。

住んだ環境にどんな違いがあろうが、肌の色が何色であろうが、人類は皆家族なのである。

戦争は家族の殺し合いであり、自殺行為であるという事を、心に沁みて実感しなければ、何度でも繰り返される。

天は悪魔を差し向けながら、人の成長を試す。何時悪魔に見向きもしない日がやって来るか……その日が来るまで、その試練は繰り返される。

救世主は居ない。自我から脱け出した人が集まり、遅れている人達を引っ張り上げる事から始まらねばならない。一人一人が救世主であり、それが集まって、雪達磨《だるま》の如く、大きく大きく膨《ふく》らんで、その愛が悪魔を、サタンを踏み潰す時、其処に平和が実現する。

32 自己満足の間は愛とは言わない

人は皆、平和を願っている。平和を願わない人はいない、と誰もが思っている。と、貴方も思っているだろうか……。それは、誰もが平和を願っていると思いたい、そうあらねばならぬという願望であり、平和への憧れである。実に切ない願望である。何故なら、戦争は今も、これから後もずーっと続くからである。

何故、その様な予言めいた事が言えるのか――それは、現実を見れば一目瞭然《いちもくりょうぜん》である。これから先に起きる事を予め《あらかじ》断言する事を、〝予言〟と言う。だが、一分一秒先の事でも予言（断言）する奴はインチキである。人心を惑わす悪魔である。ならば私はペテン師か、悪魔か。何故私は予言めいた事を言うのか――。

私の言っているのは予言ではない。予言めいていても予言ではない。

私が言っているのは、予測であり予想である。予言と予想は断言と想像であり、全然違う。

世界の現状を見てみると、武器と武器を以て殺し合いをしている国と国、睨《にら》み合い乍《なが》ら一触即発の国と国、孤立して悪魔の凶器をチラつかせ乍ら駆引きをしている国、国内に於《お》いて治安が乱れ、殺人が日常茶飯事の如く多発している国、家庭が崩壊し、家族間で殺し合っている国……。一目瞭然である。この世界の現状を見て、予言者等というインチキに予言して貰わなくても、誰でも予測出来る。予想出来る、戦争が終らない事を、平和が遠い事を。

今、一番大事なのは己自身である。貴方自身である。自己愛、自分を大切にする自己保身が強い間は誰も救えない。救える訳がない。平和はやって来ない。来る訳もない。

災害で避難している人達の姿をＴＶで見乍ら、喉にも支えず食事が出来る神経。自分に降り懸らない火の粉、対岸の火事には心も痛まない薄情なる人間、そういう人が多い中は平和はやって来ない。やって来る筈がない。

人は愛を深め、より次元の高い人格を形成する為に、此の世に生まれて来たのである。人の災難を見た時、放って置けないだろう。何等かの痛くもない金を寄付して「ああ、良い事をした」と自己満足をし、その問題は解決、チャンチャン！という次元からもっと深くなって、遊興費を削り、食事の贅沢を削り、被災地に駆け付け情況を良く見て、有効にお金を使わなくてはならない。それが愛である。それが少し進歩したホントの愛である。自己満足の間は愛とは言わない。人の災害を我が事とし、心を痛め献身的に尽す姿……それがホントの愛である。

33 健康だからと言って長生きするとは限らない

世の中、一分一秒先に何が起きるか分からない。起きて了えば、善きも悪しきも当然の結果であるが、扨、それを読む事が出来ない。出来ないから、人はその都度ショックを受け、一喜一憂する。

人は病に罹るまで病とは縁の無いものだと思っている。病院の前を通っても、異様な建物にしか見えない。まして、中に入っている人間は自分とは縁遠い、別世界の人達だと思っている。それが、或る日突然その建物と縁が出来る。其処の住人になったりもする。想像もしなかった事態になる。別世界から、非常に近しい無くてはならない建物となる。

人は、病院に通ったり住人になったりしてる人より、毎日元気に動き回ったりしてる人の方が、長生き出来ると思っている。健康な人は病に罹っている人より長生きすると思い込んでいる。はてさて、そうだろうか。そうとは限らない。

毎日、TVや新聞を賑《にぎ》わしている死亡記事は、当事者にとっては全く予測出来ない事態であろう。海で泳いでいて溺れ死ぬ。山に登って遭難し力尽きて死ぬ。運転をしていて激突死。火事で逃げ遅れ焼死。身に憶えが有ろうが無かろうが、銃器の手に掛かり死亡。台風、地震等による建物欠壊被害死。飛行機墜落、船の沈没による事故、遭難死……

毎日、ＴＶや新聞を賑わしている死亡報道。天災人災に関わらず、今日、そのニュースに報じられている人達は、まさか自分が今日死ぬとは思っていなかった人達である。毎日ニュースで見聞きして、明日は我が身と覚悟をし、遊びを楽しんだり運転をしている人は少ない。それが出来る人は、そんな死に方はしない。何時も他人事でニュースを見ているから、そういう不慮の事故に遇《あ》うのである。自分丈は大丈夫と思っている人達が、毎日死亡記事となっている。

病院に通ったり入院している人達は、病弱が故に寿命は近いかも知れないが、今日、突然死する人は少ない。事故、遭難、殺害に遇う確率は極めて少ない。建物が丈夫故、火災、地震で死ぬ確率も低い。健康だからと言って、長生きするとは限らない。否、健康が故に早死する人が多い。命を軽視している人は、その根性の通り早く死ぬ。病院のベットで寝たきりの人から見れば、実に勿体ない話である。折角の健康な身体を粗末に扱うと、そういう結果になるという事を人は肝に銘じて置かなければならない。そして、限り有る命を、健康であろうがなかろうが、今日生かされている事に感謝して、精一杯生きなければならない。

今日一日を大事に生きなければならない。明日は分からないのだから。

34 迫り来る戦争にストップを

人生は航海である。後悔ではない。寿命という船に乗って、次の港、来世に向かい航海という修業の旅に出るのである。どんな旅になるか、それは本人次第である。

幸福の荷を運ぶ、天使の航海なのか、不幸の荷を運ぶ悪魔の航海なのか。そして、只只迷い、漂流して海の藻屑《もくず》となる航海なのか……色んな航海がある。人、それぞれの航海がある。それは、人それぞれの今生での寿命であり、修業である。

人それぞれの寿命であり修業であるが、今生に遣《つか》わされた限り、進歩して来世に向かわなければならない、人それぞれの進歩を遂げねばならない。

素的な人とは、どんな人であろうか。自画自讃は素的とは言わない。自己中心の人は素的とは言わない。巨万の富を得ていても素的とは言わない、それを人の為に使わない限り、素的とは言わない。

何事にも　何人にも
想いは深く　考え貫《たか》く
視野広くして　情に篤し

何時も人の幸福を願い、世界の平和に貢献している人の姿である。
居乍らにして世界を観、憂い喜び怒り悲しみ、人々の為に念ずる事の出来る素的な人、
そんな素的な人にならねばならぬ。その為に我々は現世に生まれて来たのだ。
素的な人が集まって愛のエネルギーを増幅すれば、次第にその数が増え、強大な力と
なって、悪魔を追い払う事が出来るかも知れない。でなければ地球は破滅して了う。
天災と人災によって地球は壊滅する。戦争は人災である。産業による環境汚染よりも、
戦争の方が最たる環境破壊である。
それは自然破壊であり、自分達で創った建造物をも消し去り、尊い人命をも奪って了う。
其処へ天災が戒《いまし》めの如く襲って来る。人災の上に覆《おお》い被《かぶ》さる様に襲って来る。
素的にならなければ、そして素的な人を探さなければ……
急がねばならない、素的な人と素的な人が集まって、大きなエネルギーとなって悪魔と
戦わねばならない。迫り来る戦争にストップを掛けねば……

35 人生はドラマである

人生は航海であり、ドラマである。シナリオのないドラマである。シナリオは、本人が創る。その局面、その局面で真剣に懸命に創り、それを実践して行く様が、ドラマである。

人生は航海であり、ドラマである
ドラマは感動である
感動は——愛である

人は、どんなに予期せぬ事が我が身に起きようと、驚く事はない。それは過去に自分の取った行動の結果であるか、天が新しい試練として与えて呉れた修業なのである。人は、何が起きても驚く事は何もない。予期せぬが故に一瞬のショックは起きても、直ぐ冷静になって対応出来るようにならねばならぬ。
行動の結果と新しい試練という真理が分かれば、どのような事態にも対応出来るだろう。

人生は素晴らしい。人を想う、愛の深い人の行動にはドラマが生まれる。人に勇気や希望を湧かせる原動力――感動を与える事が出来るからだ。その人の行動が愛であり、感動であり、ドラマなのだ。

CHANCE　第一章「航海」の終りに

身心を改め直し
世を浄め
人の輪広めて
愛を深めん

時の流れに翻弄《ほんろう》され、長きにおいて引き裂かれし家族、一日も早く再会叶うように創った悲願歌であり、応援歌である「愛ある故に」を掲載して、第二章に移りたいと思う。

愛ある故に

作詞東　隆明　作曲藤山一男　編曲古川忠義

春を待つ　心の絆　誰か知る
日が沈みても　心沈まぬ
夏が来て　心枯れても　誰か知る
日が昇りても　心昇りぬ
秋が来て　心乱れても　誰か知る
日が長くても　心短し
冬が来て　心淋しくも　誰か知る
明日在る事を　又生きる日を

子を想う親の心　誰も知る
愛の深さには　海も叶わじ
旅に出て　疲れ果てたら　誰も想う
馳せる心は　故郷の山河

明日は来ぬ　今日を限りに愛に生く
短き命　又逢う日まで

一人では生まれて来ない
一人では生きてゆけない
愛ある故に　人は輝く
一人では生まれて来ない
一人では生きてゆけない
愛ある故に　人は輝く
愛ある故に　人は輝く

拉致被害者と御家族の心痛……
悲憤と万感の愛を込めて――再会を願う

第二章

CHANCE 飛翔

飛翔

人は　生まれる　という奇蹟に恵まれ
　生きる　というエネルギーを授かり
　出会う　というチャンスを与えられる

人には必ず出会いがあり　やがて別れがやって来る
出会った時だけが　生きているのではない
別れた後も　全てが　その人の心の中に残る

愛に満ちた素的な関係だと　その温もりは
永遠に　お互いの魂の中に宿る

人と人との出会い
それは　人と人とを成長させる　チャンスである
天からの素晴らしい　プレゼントである

□災いは出発の始発駅

36 今日出来る事を見つける

目が見え、耳が聴こえ、口が利ける……何と素晴らしき事か。

我々は時として、その恵みを当り前の事とし、有難さを忘れがちである。

目が見えないという事は、人の顔や姿、空の色や景色、あらゆる物が何一つ見えないという事である。

目の自由な人が一度、丸一日目隠しをして生活して見れば分かる。全くの暗黒の中で一日生活する事は出来ない、という事に気付く。誰かに手伝って貰わなければ、歩く事も食事をする事も、何も出来ない。何が襲って来るかも分からない……自分を護る術はない。誰かに手伝って貰わなければ、誰かのお世話にならなければ、一日だって生きていく事は出来ない。

耳が聴こえないという事は、世の中の音が何も聴こえないという事である。人の話し声とその内容。音楽、その音色と内容。物の音、風の音……何も聴こえないという事。

口が利けないという事は、思った事を思い通りに相手に伝えられないという事である。

それがどれだけ不自由な事か……。

目を隠し、耳を塞《ふさ》ぎ、口を閉じて一日生活出来るだろうか。一日は疎《おろ》か、一時間も耐えられず、先ず目隠しを自ら取って了《しま》うだろう。それ程怖いものである。


目や耳や口の不自由な人達が、一日一日、何を考え、どう生きているか……考えた事があるだろうか。この人達に引き籠りはいない。この人達に鬱《うつ》病はいない。殆どいない。

或る日突然、不自由になった時、人はそのショックで落ち込み、嘆き悲しむ。生きる気力を失くし、引き籠りがちになり、鬱状態にもなる。

だが、其処から健康で何不自由なかった頃を思い出し、如何に幸福だったかを思い知るのである。そして、不自由でも、こうして生きている、生かされている事に感謝の心が湧いて来る。生きている事の素晴らしさを知る。一日一日が、とても素的で、楽しく充実して来る。一生懸命生きようと頑張る。周囲の人に感謝し、何か人の為に役立とうと考えるようになる。今の自分に出来る事を考える、今日出来る事を見つける。それが見つかったら、始めるだけである。出来る事を出来る範囲で精一杯……其処に出発がある、再出発がある。喜びがある。天が味方をする。奇蹟が起きる。　治る。

37 放って置ける喧嘩

人は生きている間、何度か喧嘩に出合う。喧嘩にも色々ある。

意地の張り合いで、ソッポを向き、お互いに口を利かない喧嘩。こういう喧嘩に出合ったら、放って置くのが良い。放って置くと、そのまま縁切れになって了う直前、そのスレスレまで放って置くと良い。ま、大抵は其処まで行かずに仲直りするものである。意地を張ったり、ソッポを向くのは、お互い好き合っている証拠である。適当に楽しんで喧嘩をしている事を見抜き、放って置く事である。下手に仲介に入って仲良くさせようとすると逆恨みされる事になる。余計なお世話は却《かえ》って人や自分を不幸にする。

「夫婦喧嘩と北風は夜凪《よなぎ》がする」という諺《ことわざ》の通り、朝喧嘩をしていても夜には仲良くなっているものである。夫婦に限らず、良い仲の喧嘩はそういうものだ。「夫婦喧嘩は犬も食わぬ」という諺もある。仲介に入るのは愚の骨頂。

「喧嘩する程仲が良い」というのが、普通の夫婦であり親友関係である。

お互いに腹蔵なく言いたい事を言い合う仲、其処に生ずる喧嘩は、喧嘩ではなく、喧嘩という形を借りた、お互いの愛の表現であり、すればする程、愛が深まって行くものである。

喧嘩をしない夫婦、何時も仲の良い友、出会いから死ぬまで、その様な夫婦や友人関係は存在しない。いたら、それは嘘である。仮面の夫婦である。世間に対し、仲の良い夫婦や友人関係を演じている丈である。いずれ仮面が剥《は》がれる、熟年の離婚も、その一例である。

言いたい事を言い合って、思う存分喧嘩して、最大の原因である誤解や自我が融けていく。その喧嘩の繰返しの中で、お互いに成長していく。愛が深まり、誤解が無くなり、喧嘩のネタが皆無になって、本当の仲の良い夫婦になるのである。言いたい事の言い合える、幾ら言っても喧嘩にならない友になるのである。

妥協したり、我慢したりして保っている関係はホンモノではない。いずれ破綻《はたん》する。夫婦であれ、友であれ、仕事関係であれ、本当に愛しているならば本音でぶつかる事である。結果を心配するな。愛の下敷があれば大いに喧嘩すべきである。その相手とは必ず一生の付合いになる。貴方の大事な大事な人である。貴方の貴重な財産である。来世に繰越しの出来る財産である。

38 放って置けない喧嘩

そもそも喧嘩になるという事は、当事者がチョボチョボだという事である。チョボチョボとは似た者同士、程度が殆ど同じ、五十歩百歩、どんぐりの背比べといった類の間柄の事である。

所が、厄介な事に此の当事者達、相手より自分の方が優れていると思い込んでいる。「あいつ程馬鹿じゃない」「あいつより上だ」とお互いに思い込もうとしている。だから、欠点や落度を指摘されると「お前に言われる筋合はない」「お前に言われたくない」と腹を立て、今度は相手の欠点や落度を指摘する。お互いに自分の方が立派だと思っているから、応酬がエスカレートし、口論では済まなくなり、取っ組み合い、果ては――刃傷沙汰《にんじょうざた》へと悪化していく。この喧嘩は放って置けない。放って置きたいが放って置けない喧嘩である。お互いに引っ込みがつかなくなり、行き着く所まで行って了うからである。

そもそも、貶《けな》されたり馬鹿にされたりと、口撃されて腹を立てるのは、そのものズバリ、的中しているからである。グサッと胸に突き刺さるのである。

当っているのであれば腹を立てる必要はない。その通りなのだから、指摘してくれた事に感謝しても良い位だ。それなのに腹が立つ。五十歩百歩の相手だからだ。「あいつより俺の方が上だ、あいつに丈は負けたくない」と嫌っている相手から貶されると、当っていればいる程、自尊心が傷付き相手が憎くなる。そして応酬する。やがて、誰も見たくない、みっともない、醜い喧嘩に到って了うのである。要するに馬鹿同士が喧嘩をするのである。馬鹿同士だから喧嘩になるのである。

面白い事に、これが日頃尊敬してる人や、レベルが明らかに自分より高い人に指摘されると、腹が立たない。素直に聞ける。感謝もする。何故だ？　指摘して呉れる人によって有難かったり腹立たしかったり……つまらん人間である。

つまらん同志が喧嘩をするから、みっともない。

「つまらんから止めろ、お互いに傷つくだけだ」と止めて上げよう。喧嘩する程、自分の醜さを露見しているのだ、という事に気付かせて上げよう。教えて上げなきゃ分からない。喧嘩両成敗《けんかりょうせいばい》、嫌われても良いから叱って上げて、その人達を少しでも成長させよう。放って置いたら碌《ろく》な事にならない。放って置けない喧嘩である。

底に愛情のあるのは、放って置ける喧嘩。

底に敵意や憎しみを持ち合っているのは、放って置けない喧嘩。

そこの見分けが出来たら、放って置けない人になって欲しい。余計なお世話にはなりません。

39　自分中心に喋るのは自信がないから

人を大まかに見分けるのに、その人が自分中心に喋っているか否か、で判断するという、簡単な方法がある。

内容はどうであれ、話の八割以上が自分の事ばかりの人はレベルが低い。成長しない。「私はこう思うの」「私はこうしたの、ああしたの」「私はこういう人なの」と自己表示であり、自己宣伝であり、自己営業をする人は、その行為がその思いが逆効果であるという事に気が付いていないから始末が悪い。文句を言うと「人に良く思われようとして何処が悪いの」と却って叱られる。何処から教えたら良いのか……本当は幼い頃から親が教えていなければならない事である。という事は、その親も屹度《きっと》そうなのだろう。

子を見れば親が、親を見れば子が分かるとは良く言ったものだ。偶《たま》に例外もある。鳶《とんび》が鷹《たか》を生む訳はないが、鳶が鷹を生んだら吃驚する。「ホントにあの親の子供かい?」と不思議になる位、親子の差がある場合は例外である。大抵は子を見りゃ親が分かる。

扨、そういう自己中心の人に縁あって出会って了ったら、関りたくないと逃げ出すか、肚《はら》の中で軽蔑して、表面は適当にあしらって置く。という対処をしている人は、人間が悪い。折角出会ったのだから、その人の欠点を直して上げようと努力しなければならない。その前に、何故自己中心に喋るのか、という原因を知っていなければ直して上げる事も出来ない。

人が自分中心にモノを喋るのは、自分に自信がないからである。自分が不安で不安で仕様がないからである。必要以上に自己過小しているのである。だから大きく見て貰おうと、好意を持って貰おうと、時には誇張もして宣伝するのである。その自分の姿が、人にどう映っているのか全然分かっていない。分かっていないから改められないのである。誰も教えて呉れないからである。逆恨みを怖れて指摘《してき》を避《さ》ける人は、その人自体成長しない。その人も大して差がない証拠である。

自分が安定してる人、日々充実感を持って生きている人は自己宣伝をしない。する必要がない。心に余裕があるから、じっくり人の話を聞いて上げられる。だから適切な答も出して上げられる。自己中心の人に出会ったら指摘して上げよう。愛情を以て助言して上げよう。暫《しばら》くは近寄らないかも知れないが、何れは分かってくれる。

40 自慢話に神様はいない

〝自分中心に喋る〟のは自信がなさ過ぎる人と、もう一つ、自信があり過ぎる人に多く見られる。喋る事の八割以上が自己表示の、自信のない人には閉口するが、自信過剰の人の話はもっと酷い。ヘドが出る思いを経験した人も多いだろう。結構あちこちにそういう人が居る。自分もそうならない様に気を付けねば……。

この自信過剰の人は、放って置けば、そのまま成長が止まり、やがて人間として腐って了う。駄目になりたくなかったら自慢をしない事だ。

自慢話をする人には、少なくとも好感は持てない。所が、好感を持つ人がいる。持てる人がいる。

好感を持てる人は、その人と同じ道を目指す人であり、とても叶わぬと羨望の目で見ている人である。それならば分かる。そういう人には自慢話は通用する。喜ばれる。

自慢話の根っこは自己満足である。「あなたは素晴らしいですね」「凄いですね」と言われて、言わせて、自分に大満悦するのである。御本人は気が付かないが、一寸引いて、その人を見ると何と小っぽけな、下らない人間かが分かる。

腕力の弱い人間が強い人間に憧れると、強い人間は気を良くして、自慢話をする。武勇伝が始まる。「あの時は何人やっつけた」「大男をあっという間に倒した」と、手柄話が佳境に入ると、益々興奮し憧れからヒーローへと登り詰める。

一生懸命働けど、働けど生活は楽にならず、何時も金に困っている人は、短期間に大金持になった人に憧れると、大金持は気を良くして自慢話をする。頭の良さをひけらかす。その出世談に、憧れから信奉《しんぽう》となり、神格化されていく。

金儲けに神様はいない。経営に神様は存在しない。何故なら、儲ける者がいれば、必ず一方で損をする者がいるからである。平等なる神は、どちらにも味方しない。金儲けの神頼みは、無駄の骨頂である事を知らねばならない。

腕力や暴力を嫌う人は、武勇伝には何の興味も示さない。幾ら、俺は強いんだと誇示しても軽蔑される丈である。

物欲金欲の少ない人に、幾ら俺は大金持ちだと自慢しても哀れまれる丈である。

自慢話は、本当の価値を知らない人にしか通用しない。借金だらけで四苦八苦している人を集め、私は一億円持っていると言うから威張れる。が、十億円持っている人の所へ行って、一億円持ってると威張れはしまい。

自慢とは弱者や貧者に勇気を与える所か、馬鹿にして優越感に浸《ひた》り、その人達を益々貧者に、不幸にして行くものなのである。注意して上げよう……

41 厚化粧になればなる程、肚も黒い

人間の本来の姿は裸である。

人間の本当の価値は裸の姿に表われる。


自慢話をする人は愛せないが肩書きに頼る人も底が知れて哀れである。自分自身に自慢出来る材料が無い人は、肩書きを持った人の名前を持ち出して来る。それによって自分もその人に近い人間だと思わせようとする。喋っている内容の八割が有名人や成功している財界人の事であれば気を付けろ。喋っている事の殆どが自慢と肩書きのミックスであれば、魂胆《こんたん》は判然《はっきり》として来る。それを聞いている貴方は狙われている。その素晴らしい話に埋《の》めり込むと、貴方の財産は失くなる。間違いない。

然し、気を付けていても引っ掛かる人は引っ掛かる。その人に欲がある限り、引っ掛かる。欲が深ければ深い程引っ掛かる。欲の深い分だけ被害も大きい。

欲の少ない人から見れば、何故あんな見え見えの、馬鹿みたいな詐欺に引っ掛かるのだろう、と不思議に思えるものである。

人間の真贋《しんがん》を見分けるには、その欲を取り外せば簡単な事だが、それが一番難しい。己

の欲は、募らせる事は簡単だが、削る事はなかなか難しい。削るには修業が必要だ。ならば、簡単に欺されても良いのか。欺されて月謝を払うのも良いが、出来れば欺されたくないと思う貴方、〝人間の本当の価値は裸の姿である〟という事を取り敢えず頭に入れて、真贋を見分けて見よう。意外と簡単に見分ける事が出来る。
○服装が派手ではないか。
○これ見よがしに装飾品をチラつかせてはいないか。
○矢鱈《やたら》、理屈っぽく難しい言葉を使ってはいないか。
服や飾りが少なく裸に近い程、詐欺度は低い。言葉に自慢や肩書きが少なければ少ない程詐欺度は低い。化粧も素面に近い程、心も清い。厚化粧になればなる程、肚も黒い。

といった具合に、この程度のチェックに引っ掛かる奴は、間違いなく貴方を欺そうとしているか、自分の愚かさをカバーしようと必死に虚飾に勤《いそ》しんでいる憐《あわ》れな人間である。扨、貴方ならどうする？　君子危うきに近付くな、と無視するか。裸の姿に戻れ、と諭《さと》すか。その前に自分が裸にならにゃいかんか……

42 人を恨めば地獄の因果が待っている

人生はエレベーターの様なものである。自動昇降機である。上がったり下がったりと忙しい。

唯、自動昇降機が故に上げるも下げるも本人次第である。暫し停める事も永久に停める事も本人次第。上がりっ放しで下りて来ない事も、下がりっ放しで上がろうとしない事も、本人次第である。自由なのである。上がりたければ上がれば良い、上がり過ぎたと思えばその分下がれば良い。下がり過ぎたと思えばその分上がれば良い。止まりたければ停まれば良い。動きたければ動けば良いのである。

人は下がると不運と思い、上がると幸運と思う。それは勘違いであり、気が付いていないので、本当は全て自分で運転しているのである。だから、幸運不運というものは存在しない。全ての現象、全ての結果は全て自分の仕掛けなのである。其処に気付けば不運を嘆く事はなくなる。幸運を跳び上がって喜ぶ事もなくなる。全ては当然の事なのである。

人を恨むのはいけない事である。人に受けた仕打ちは、以前に自分が害を与えた結果なのである。人に加えた害に時効はない。或る日、突然返って来る。加えた人とは限らない、今生の事とは限らない。加えた害は、時空を越えて必ず本人に返って来る。加害者は被害者になる。逃げ切る事は絶対に出来ない。

逆も真なり。人に与えた親切は、人に施した愛は返って来る。今生で、とは限らない。時空を越えて、突然、降って湧いた如くやって来る。

人を恨んではいけない。人を恨み復讐すれば、又仕返しに遇う。恨みと復讐の因縁《いんねん》は永遠に続き、その人の魂は地獄を彷徨《さまよ》う事になる。

人に辛い仕打ちを受けた時、それは、かつて自分がした事の結果であるという事に気付けば、腹は立たない。立っても静める事が出来る。否、静めねばならない。かつての加害者であると認識すれば、相手を許す事が出来る。許さねばならない。そうすれば、地獄の因果から脱け出し、新しい、素晴らしい人生に向かう事が出来る。

何かあると直ぐ人の所為にしたり、悪口を言ったりする人、嫉妬心から人に危害を加えようとする人を見た時、貴方ならどうする？　軽蔑してお友達のリストから外しますか？

それとも、人に与えた害は、必ず何処かで誰かから返って来る。人に受けた仕打ちは、必ず何処かで誰かにした仕打ちなのだ、と諭して上げますか？　その前に自分が誰かを不幸にしていないか、振り返らなければならないか……

43 自然七訓は血流を良くする

当り前の事を言うと「何だ、当り前じゃないか」と馬鹿にした様に鼻を白ませて言う人がいる。それは、その人が莫迦《ばか》なのである。当り前の事が全然出来ていない人に限って、当り前を馬鹿にする。当り前がどれ程難しい事であるかが、全く判っていないのである。小難しい理屈を捏《こ》ねて「俺は頭が良いんだ」と思い込んでいる人には教えて上げよう、忠告して上げよう。

「貴方の言ってる事は生活実態のない、実行の伴わない唯の屁理屈である」と。

当り前の事とは自然の事である。その自然から外れた、アブノーマルな言動は、変わっていて、興味を引くものであるかも知れないが、破壊の精神である。いずれ、破壊、破滅へと向かう。間違いない。

当り前の哲理は人間の基本である。基本であり、それを修得する事はその人を素晴らしい人間へと創り上げていく。当り前の生き方は基本であり、その完成は究極の到達点でもある。俗に言う悟りの域なのである。

私の著《あら》した本の中に自然七訓というのがある。此処で紹介して置こう。

自然《じねん》七訓

一、自然《じねん》とは自然（自念）の事である
二、自然とは当然《あたりまえ》の事である
三、自然とは自らを然《しか》りとする事である
四、自然とは己れを捨てて人の為に念ずる事である
五、自然とは今日を生き明日死する事である
六、自然とは大我大欲を以て生きる事である
七、自然とは全宇宙の摂理に融け込む事である
（詳しくは（株）企画出版天恵堂版『ホント八百』参照）

この七訓を朝、顔を洗う時洗面台に貼って置いて唱えて下さい。歯を磨き顔を洗い終ったら、先ず洗面鏡に向かって、にっこり笑い、七訓を朗々と楽しく唱え、唱え終ったらもう一度鏡に向かって、にっこり笑って見よう。笑顔が変化している筈だ。血流が良くなり、頭がスッキリして来る。スッキリして来なければ、もう一度唱和、笑顔。

これで万全だ。今日も一日楽しく頑張ろう！

44 縁を大事にすれば円が従いて来る

人は人の役に立って、初めて人間と言える。自己の利益のみを大切にする輩は人間とは言わない。言えない。

自分の欲望を満たす為なら手段を選ばず、物品のみならず人命をも平気で奪う輩は野獣である。背広にネクタイの猛獣が巷に溢れている。今や世の中は無法状態、安全と言い切れる場所は何処にもない。先進国と言われている国程、酷い状態なのである。

今や世界は道徳も秩序も荒廃し、一体何時の時代に戻っていくのか。

時の経過に連れて、経済も文化も進化を遂げ、人間の生活はどんどん快適になっていなければならない筈だ。人間の精神も進歩して、素晴らしい人間関係が築かれていなければならない筈だ。

幾多の工夫と破壊を重ね、繰り返しの淘汰《とうた》を経て、今や理想の世界に近付いていなければならない……筈だ。一体どうなっているのか。進歩に進歩、発展に次ぐ発展を遂げている筈が一体何処へ行こうとしているのか。誰かが歯止めを掛けなければ、地球はどんどん破滅へと突き進む。

日に日に、凄い勢いで人間が、人間自らが地球を腐らせている。

どうすれば良いか。先ず、我々一人一人が己の内にある獣と闘わねばならない。

我欲という獣を退治して、人への想い、愛を培養しなければならない。そして、手を繋ぎ輪を広めて行かねばならない。

生活に必要なのは〝円〟生きて行くのに必要なのは〝縁〟である。

生活に金は必要であるが、それが全てではない。それ丈では生きて行けない。

金に心を奪われてはいけない。地獄に堕ちる。

縁を大事にして、人の為に行動すれば、やがて円も従いて来る。円が先行して縁は従いて来ない。従いて来たとしても、それは偽物である。貴方に従いて来るのではない。貴方の持っている円に従いて来てる丈である。貴方から円が失くなれば、忽《たちま》ち の中に縁も居なくなる。

金の切れ目が縁の切れ目であるが、元々そんな縁は始めから腐っている、腐れ縁なのである。

人は皆、弱いものである。だが、弱い儘《まま》では生まれて来た意味がない。

先ず、己の内にある獣を退治する所から、着実に始めよう。

内なる獣。その醜い汚い猛獣と真向から戦争開始である。

45　一番の敵は己の中にある

内なる獣とは何であろうか。外なる獣との闘いは楽である。自分が正義であるが故に、非常に気持良く生甲斐を持って闘える。世間の賛同も応援も得られる。だが、内なる獣との闘いは難しい。何といっても相手が自分である。どうしても甘やかしたくなる。身内贔《びい》屓《き》である。獣といえども自分の裡に有るものである。嫌悪感に苛まれていても我が身内だ、その制裁には時間が費かる。ついつい一日延ばしになる。一日延ばしをすればする程、嫌悪感も募る。そして愈々裁断の時がやって来る。その時は完膚《かんぷ》無《な》き迄、やっつけなければならない。でないと内なる獣は、又ムクムクと勢力を持ち直して来る。

獣を撲滅《ぼくめつ》するには鬼になるしかない。心を鬼にして身内なる獣を退治しなければならない。言うは易し行うは難し、これが仲々一朝一夕にはいかない。厄介なものである。一番の敵は己にあるのである。

大体人間はある程度生きて来ると、大した事もないのに自分を壊すのを恐れる。何か築いて来た様な気でいるからだ。錯覚である。

本当に築かれた本物の城は壊れない。何があっても微動だにしない。

積りだから、錯覚だから、未だ途上だから、一寸した事でも脆《もろ》く、崩れる。何も築いてはいなかった事に気付かねばならない。

政治のトップの座に居ても、たった一言の失言で失墜《しっつい》する。大体、失言という言葉が可笑しい。失言なんて言葉は、本来心にも無い事を言って了う事だが、人は心にも無い事は言わない。ずーっと心の中に仕舞って置いた言葉が、その本音が自制心を欠いた時に飛び出して来るのだ。油断して本性を出した丈である。元々そういう人間なのだ。化けの皮が剥がれた瞬間が失言という形で表われた丈である。

人は何か築いた積りでも大したものではない。その城は泥かも知れない。ガラスかも知れない。だから、安心して解体すれば良い。未練たらたらの気持を捨てて、潔《いさぎよ》くぶっ壊せば良い。それが出来れば、次にはホンモノの城が建つ。

壊す事の勇気が持てれば、内なる獣と闘うのはいとも簡単である。内なる獣――我欲なんてものは解体作業の中で脆くも消滅して了うものである。

人に良く思われ様とする自尊心は、自己解体に依って消え、人に勝とうとする競争心は、その元にある自尊心の消滅に依って必要性が消える。名誉欲、征服欲という、大それた獣欲も、此の自己解体という作業の中で次々と滅びてゆく。そして人々の中に本当の平和が生まれて来るのである。

□ホンモノへの道

46　一日も早い気付きの一歩

人間はどうも矢鱈競争したがる動物である。競争があるから戦う、競争があるから頑張る。

競争がないと働きたがらない。怠ける。競争があるから働き頑張る。競争は生き甲斐なのだ。

競争心が強い者しか勝てない、競争心の弱い者は負け犬となって敗退していくと信じ、必死に勝組になろうと頑張ってる人が多い。

何か、物に憑依《ひょうい》されたかの様にガムシャラに働く姿は、まるで夜叉《やしゃ》である。鬼である。人の生血を啜《すす》る獣である。怪しい獣である。

元来、天はその様なものを創った訳ではない。神はその様なものを望んだ訳ではない。人間成長の為に競いの心と争いの行動を与えたのである。競いの中で、争いの後で人間はその空しさに気付き、人間本来の姿に目醒《めざ》め、終極の到達点、真価へと向かい始めるのである。

競争は或る種の必要悪である。人間は痛い思いを、熱い思いをしなければ仲々目醒めない、厄介な動物である。

競いの心や争いの行動が如何に空しく次元の低いものであるか——を知った時、人は生きる事の本当の目的を悟る。真の人間の姿、真の人間の生き方、そのスタートラインに立つ事が出来る。此処からが出発である。何と多くの人が此のスタートラインに立つ事なく、生き地獄のまま魑魅魍魎の世界に溺れ、この世を去って行く事か……。折角、生を亨《う》け環境を与えられ、勉強のチャンスを頂きながら……。

人は仕事、スポーツ、その他趣味や境遇に於いて、どうして喜びや悲しみを分ち合う事が出来ないのだろう。どうして人の物をもぎ取ってまで幸福になろうとするのか。どうして人を踏み倒してまで出世しようとするのか……それが如何に汚く詰まらないものであり、その先に有るものが本当の幸福とは程遠い、虚《むな》しいものである事に気付いていないからである。気付きもせずに此の世を去る人は本物の不幸である。気付いてもヨボヨボになってからでは、反省する力も残ってはいない。唯々、後悔しながら死んで行くしかない。

一日も早く気付かねばならない。一日も早く気付き、スタートラインに立たねばならない。人として、自然に融け、全ての物と共に存り、共に生きる素晴らしい道を歩き出さねばならない。

47　人はそれぞれの宿命という長さを持っている

人間には、どうも出世したがる人としたがらない人がいる様だ。出世したがる人は都会型で、したがらない人は地方型、田舎型という事が出来るだろう。

田舎型は争いを好まず、自然を愛し必要以上の物は欲しがらず、日々与えられた仕事に従事し、食に住居に満足し、仕事にも焦せらず、のんびりと一日一日が在る事に感謝して生きていくタイプである。何と素晴らしい事であろうか。故に長生きする人が多い。

都会型は争いを好み、自然を忘れ、食に住居に満足せず、際限《さいげん》のない欲に駆られ、日々がむしゃらに働き、出世出世と出世街道をひた走り、一寸した事で躓《つまず》いて元も子も失くす事の多いタイプである。何と疲れる人生であろうか。故に短命の人が多い、不慮の死を遂げる人が多い。

人はその死に方死に様で、その人のそれ迄の生き様が判かる。終り良ければ全て良し、終り悪ければ全て悪しである。

人の生命は、人それぞれの宿命という長さを持っている。人は、その各々の短くもあり長くもある、宿命、寿命を生という出発点から、死という終点に向かって生きる。それぞれの人生を生きる。その人生をどう生きるかは、その人の自由である。その人のものである。

　都会型の争い好きは生い立ちに拠《よ》る所が多い。幼い頃貧しい家庭に生まれ、飢えと屈辱の中で育った人は、何とか出世して、豊かな暮らしがしたいと必死に働く。望み通りに成功すれば良いが、失敗しても良い暮らしに執着し、犯罪に手を染めて了う人も少なくない。手段を選ばず、豊かな暮らしを求めると不幸が待っている。飢えと屈辱をバネにして、それを原動力にして素晴らしい成功を収める人も多い。そういう人の立身出世談を聞くのは楽しいものである。

　人は与えられた環境をどう生きるか、本人次第で天国と地獄に分かれる。

　裕福な家庭に生まれ、何不自由なく育ち、甘やかされて生きて来た人は、人の苦しみが分からず、平気で人を傷付けて了う事がある。人を莫迦にする事がある。気付かず、或いは故意に人を不幸にする事がある。裕福で、幸福な家庭に生まれても、親が決して甘やかさず、人を想う気持、慈しみの心を確り教えなければならない。でなければ、碌でもない最低の人間になって了う。

　親馬鹿にならない様に気を付ける毎日でいましょう。

48 自分以外は全て勉強である

人はそれぞれ宿命という、その人だけの条件を持っている。その人が今生で生き、死す迄の箱、パッケージを持っている。良きも悪しきも、誰も同じ事の出来ない、個性を持ったパック、人生である。素晴らしい生を与えられ、今生で生きているのだ。だから、人と自分を比べ落ち込んだり良い気になるのは、ナンセンスなのである。比べようがないものを比べても、何の意味もない事を知れば気楽になれるだろう。そんな暇が有ったら、自分以外は自分ではないのだから、非常に珍しいものと思い、自分に取り込んでいく様にしよう。

自分以外は全て勉強である。自分ではないのだから。

人は気が合うと、気が合った同士という事で直ぐに仲良しになる。自分と考え方や趣味、その他色んな事が似ているという事で、とても良い友達になる。そういう仲だから一生親友同士かと思うと、仲々そうでもない。何時の間にか喧嘩別れしていたり、お互いに嫌いになったり、なんとなく自然消滅している事が多い。何故だろう……。

趣味や考え方が似ていると言っても、それは似ているのであって、全く同じ物ではない。似ていても違うものなのである。仲の良かった友も、やがて、それに気付き意見が合わなくなり、自分の意見を通そうとお互いに譲らず喧嘩になる。

或いは、自分の方が劣っているとひがみ、自分の方が優れていると軽蔑する。絶交が待っている。

人は、気が合わないと仲良くならない。仲良く所か会い度くもない。極端に嫌いな場合は、一生顔も見たくない。その人の名前も聞きたくない。虫酸《むしず》が走る。何故だろう……。

趣味や考え方が違うと、その人に腹が立つ。その人が自分の思い通りにならないから嫌いになる。その人の思い通りになりたくないから、衝突して喧嘩になる。

一生分かり合えないで終るかと思うと、そうでもない。衝突して喧嘩した事に依って、自分に無いお互いの良さを発見する事が結構多い。自分に無くて、相手に有るものをお互いに認め、尊敬し、求め合うようになれば、これは一生続く。

虫の好かない人、全く趣味の合わない人、会って話す意欲の湧かない人、そういう人達に敢えて近付いて見よう。自分の先入観念や知識や教養が、その想定の範囲を越えて、又は覆《くつがえ》されて、意外な展開が貴方を待っている。

妥協は要らない。喧嘩をする積りでぶつかって見よう。

49 友を選ぶのも運命である

人は、それぞれの宿命の元に生きている。その人にのみ有る条件の中で生きる。その条件を変える事は出来ない。その宿命を放棄する事は出来ない。人に譲る事は尚叶わない。貴方だけのものである。

人は出会うべき時に出合うべく出逢う。それが宿命である。その宿命にどう対応するか……。その対応を運命と言う。どう対応するかは自由である。

出会いをチャンスと見て、その人を大事にするか、不幸と見てその人を無視するか……。それは貴方が決め、運命という行動が始まる。その行動は貴方の生き様であり、個性である。

決めた運命を貫き通す人もあれば、途中で休憩する人もあり、引き返す人もある。それもこれも皆運命である。だから運命はどうにでもなるという事である。

幸福も不幸も全て自分で創り、自分で壊しているのである。運命という行動に依って。だから人との出逢いが如何に大事か、という事を肝に銘じて置かねばならない。

運命はどういう風にでも変えられる。一度決めたからと言って何がなんでも貫き通す必要はない。その道が間違っていると気が付けば、即中止して別の道を選べば良いのである。

良き出会いに依る良き友が、その道標となって呉れる。

友を選ぶのも運命である。それを間違えて悪友だったとすれば、直ちに切るか、自分が選んだ人だからと、善の道へ導く努力をすれば良い。決して、ずるずると悪の道に引き摺り込まれてはならない。

運命は自ら切り拓いて行くものである。その運命の始まりである宿命が授けて呉れた出会い、そのチャンスを大切にしなければならない。

善き友を持たねばならない、良き友にならねばならない。

良い友同士は切磋琢磨《せっさたくま》して、善き道を歩み、世の中の役に立つ。

悪い友同士は悪業を重ね、世の中の害になる。同じ一生、同じ人生なら選択は聞かれる迄もなかろう。

縁有って地獄の底に堕ちていく人に出会ったら、貴方ならどうする？

無視して切り捨てるか、それとも救いの手を差し伸べるか——貴方の値打が決まる。

50 ニセモノかホンモノか、一目瞭然である

人は何も身に着けずに生まれ、一つ宛《ずつ》身に着け乍ら生き、何も着けずに去って行く。何も持たずに来世に旅立って行く。そして又、時を経て何も身に着けずに生まれて来る。故に現世で幾ら身に着けても、それらの物は意味なく虚しいものなのである。どうせ失くす物なら始めから持たない方が気が楽ではないか。

其処に気が付けば、今から貴方はハッピーである。残りの人生は短かろうが長かろうが奥の深い、味わい深い素晴らしい世界になる事であろう。間違いない。

先ず、物欲が無くなる。物欲が減少するという事は、自分への欲が無くなるという事である。自分への欲が失くなるという事は、自我愛も減少するという事である。

ニセ伝道師に騙されてはならない。ニセ宗教家を見破らなければならない。

彼等は挙《こぞ》って「自分を大事にしなさい」「自分を愛しなさい、自分を褒《ほ》めてやりなさい」「くれぐれも御自愛を」「自分も愛せなくて、どうして人が愛せるの」と得々と教えを説く。理に叶っていると自信満々で曰《のたま》う。ニセモノである。又は次元の低い偽善者である。妙に説得力がある。妙に魅力を感じ、人々は自分に自信を持ち——頷《うなず》く。

「そうだ、自分を愛さなくちゃ、自分を大事にしなくっちゃ」と自我欲に精を出す。そんな事をしたら世の中は益々乱れ、地球破滅へと向かって行くのである。

諸君、冷静になろう。自分の欲から離れ、醒めた目でそのニセモノを観てごらん。これ以上身に着けようが無い位、身体のあらゆる部分を飾り付け、キラキラケバケバしてはいないか。まるでクリスマスツリーの様ではないか？

又は、食の贅を極め、振り返る首も無い位太ってはいないか？　足元が自分の腹が邪魔をして見えず、転びそうに歩いていないか。自我欲自己愛の成れの果である。「くれぐれも御自愛」はニセモノ達が自分の事を言っているのである。

その者達の言葉はホンモノの愛ではない。人心を惑わし、コントロールし、自分の儲けに繋げているのである。

ニセモノかホンモノか……見分けるのは簡単な事だと分かったと思う。

非常に単純なものである。一目瞭然である。貴方の中から欲が無くなれば全ての真実が見えて来る。忽ちの中に見えて来る。

貴方もホンモノの仲間入りである。

51 愛と幸福は無償のものである

幸福を追求すればする程、幸福は逃げていく。幸福になりたいと思えば思う程幸福は遠退いていく。それは自我欲の極致だからである。それ程大きな欲張りなのである。幸福は追求するものでも、欲しがるものでもない。幸福は物理の中にはない。物理の追求、欲求の中に、例えそれが叶おうとも幸福とは無縁のものである。

ホントの幸福には何も無い。自我を捨て果てしなく無に近い所に至福の境地がある。自我を捨て、幸福になろうと欲する事を止める所から、ホントの幸福の領域に入るのである。実に次元の高い貴い、素晴らしい人間の誕生である。

静かな気持で、澄んだ眼で慈しみの心を以て人々を見てみよう。人々の動きを観てみよう。面白い程人の心が見えてくる。怖ろしい程人の真実が見えてくる。人の内面の良さも悪さも的確に見えてくる。人を見る判断に狂いが生じなくなる。違いの分かる、極めて正確な人間になれる。人に対して迷いは生じなくなる。

扨《さて》、では其処からどうするか、だ。縁有って宿命として授かった出会いである。どの人もどの人も皆伸ばして上げなければならない。聴く耳を持たない人、又は聞く状況にない人間は例外である。そういう人に費やす時間は無い。今、助けなければならない人がいる。

その人に全力を投じなければならない。

愛と幸福は無償のものである。次元が高くなればなる程、無償に近づく。

ホントの愛と幸福は限りなく無償に近い。そのエネルギーの源は何か？

素晴らしいホンモノの愛と幸福の原動力は一体何なのか……。その原動力が見つからず、人は悩むのである。色んな本を読み、色んな教えを乞《こ》い右往左往《うおうさおう》するが、一向に見つからない。大体、教えを説いている人間自体、殆ど解っていない。解っていない人間から教わっても、何を教わっているのか判る訳がない。愛、愛、幸福、幸福と綺麗事で言葉が乱発されている丈で、何が愛で何が幸福かという、その実体すら分かっていない人が多い。実体が分かっても、そのエネルギー、その原動力が何なのかが分からなければ、旨い饅頭を見ても手を出せないのと同じである。絵に画いた饅頭である。扨、その素晴らしいエネルギー、原動力とは？

52 ホンモノの幸福には不幸はやってこない

愛、そして幸福……。誰もが願い求める愛、そして幸福。幸福である人が生涯幸福であり続けるとは限らない。愛する人が何時までも愛する人であるとは限らない。

手に入れた愛と幸福は、必ずその手から洩《も》れ落ちる。

「幸福だなあ」と思った瞬間から不幸に向かう。「最高だなあ」と思った瞬間に地獄行の切符を握って了う。それは小我だからである。人一人の幸福は小っぽけなものである。それは我が身丈のものだからだ。

人を愛すれば、その人にも愛されたいと願う。小我である。それが叶って「幸福だ」と思う。小我である。ホンモノの愛ではない。小我による成就《じょうじゅ》はニセモノである。それが証拠に愛されなくなれば、落胆する。裏切られれば怒り、憎み、それが募れば復讐に至る。ニセモノである。ホンモノの愛であれば相手を憎む筈がない。何処までも相手の幸福を願い、その人の為に尽せる筈である。一切の要求はしない、何の見返りも求めないのがホンモノの愛である。

育ててやったのだから成人したら養ってくれ、と子供に要求する親

養ってやってるんだから尊敬しろ、と威張る夫

仕事をさせてやってるんだから感謝しろ、と押しつける経営者皆、小っぽけなニセモノである。ホンモノの幸福には程遠い。

スクスクと育ってくれる子供に感謝し、家庭を護り自分を支えてくれる妻を敬い、一生懸命働いて事業を盛り上げてくれるスタッフに感謝しなければならないのである。

感謝しても感謝しても感謝が足りないのが、ホンモノの心である。ホンモノの愛である。

人を想い、人に尽し人に支えられ、人の喜びを我が喜びとした時、その人に本当の幸福がやって来る。揺るぎない幸福が建設される。

ホンモノの幸福には不幸はやって来ない。永遠の幸福である。

その永遠の幸福の原動力は、真に人を想う、真に人の幸福を願う、身を粉にして人の為に働ける力……愛である。

人の喜びを見た時、人の幸福を見た時、真に喜べる力……その為には身を犠牲にしても良いと働ける力……それがホンモノの愛である。誰にでも出来る、邪魔をしてる小我さえ無くせば！

小我さえ無くせば人の喜びを我が喜びとする事が出来る。人の喜び、人の幸福に無上の喜びを感じ、人の向上を我が事の様に喜べる……それが大我、大愛である。

53 徳を積むには人に逢わねばならない

大我大愛――その姿、その生き方そのものがホンモノの幸福であり、ホンモノの愛である。人間の頂点である。

不幸な人は、皆例外なく自ら不幸になっている。

自ら不幸を呼び込み、不幸を愚痴《ぐち》り、不幸を嘆く。

不幸者は一様に不幸を人の所為にする。世間の所為にする。天の所為にする。自ら呼び込んでいる事を知っていても、気付いていなくても人の所為にする。そして不幸から這い出せなくなり、地獄を彷徨《さまよ》って朽《く》ち果てる。勿体ない人生である。勿体ないという事も知らず、気付かず死して行く。そして来世に誕生する時、其処から始まる。例外なく其処から出発する。生まれついての不幸からスタートするのである。

生まれた境遇から始まり、育つ環境も酷く、次から次と悪い事ばかりが降りかかり「何故自分ばかりがこんな目に遭《あ》うのか！」と嘆き「生きていても仕様がない、いっそ死んで了いたい、死んでやろう」と自暴自棄になる人がいる。

私が何をしたというのか、何も悪い事はしてないじゃないか――している。

天は、神は居ないんじゃないか——居る。

居るとすれば実に不平等ではないか——平等です。

ならば、どうして私を助けて呉れないのか——

天は自ら助くる者を助く。自ら助かるには、どうすれば良いのか。

何をしても上手くいかない——小我では助かる筈もない。自分の事でも大変なのに人の事所ではない、という考えでは永久に助からない。先ず他人事の為に働く、一生懸命働く。さすれば、それが徳となり、徳を積む事に依って、それがやがて得となって還って来る。望まなくても間違いなく還って来る。大我大欲による得は大きな財産となる。

損して得とれ。何事も、良きも悪しきも、そのまま還って来る。

徳を積むには人に逢わねばならない。人に接し、コミュニケーションをとる所から始めねばならない。家に引っ込んでいては何も進まない。

徒《いたずら》に時が過ぎていく。限りある今生での命、明日は無いものと思い、今日、今、書を捨てて町に出よう。出会いを求めて町に出よう。

54 人は皆、五十歩百歩である

輪廻転生《りんねてんしょう》――人は人として生まれ、修業し、そして没す。時を経て、又生まれ来る。その転生を繰り返し乍ら、その人間性、次元を高め、やがて頂点――神となる。

人は人としてしか生まれ転《かわ》らない。人は犬や猫や狐や狸にはなれない。又、犬や猫達も決して人間に生まれ転る事はない。それは宿命であり、どんなに望もうが他のモノになる事は出来ないのである。又、人は一人一人別の魂を持っている。否、一つ一つの魂が、限り有る肉体を借りて今生を修業し、その肉体の破壊や滅亡、消耗《しょうもう》に依《よ》って来世に向かい、又肉体を借りて修業にやって来る。

人が他の動物や植物になれない様に、人は他の人にもなれない。他の人に生まれ変わる事は出来ない、有り得ない。それが天の摂理である。絶対の摂理である。

どんなに愛する人がいても、その人にはなれない。又、どんなに愛されても、その人に代わって上げる事は出来ない。皆、別個のモノである。人は皆違うのである。

何十億という今世に生きる人間……その個性はその儘何十億と有って、同じものは一つも無いのである。

血液型で性格や運勢を決める馬鹿がいる。たった四つしかない型に何十億の人間を嵌《は》め

て了うのか？　たった四通りしか生き方はないのか？　たった四通りしか性格はないのか！

星座や干支《えと》で運命を決める馬鹿がいる。たった十二通りしか運命はないのか。人の未来は、一分一秒先も分からない。天も分からない。天も分からないものが――何故分かるのか、何故予言出来るのか。有り得ない。

運命は人それぞれが創るものである。何十億人が、それぞれの個性で判断、決断し、一秒一分を進み――一日に到るのである。人の将来を、来年はこうなる再来年はああなると、勝手に占うものではない。人の心を掻《か》き乱すペテン師である。人の心の弱さに付け込む詐欺師である。姿を見れば判る。化物の姿をしている。

人は他の人には生まれ転れない。人は自分の魂を何度も転生しながら磨いていくしかないのである。今世が小学生であれば来世は中学生となって、続きを勉強する。一足飛びに大学生にはなれない。小学生で怠けていれば、来世も留年して小学生から始まる。特例は無い。宿題を忘れれば、宿題をしない限り先へは進めない。誰も代わりに宿題はやって呉れない。例えやって貰えたとしても、身に付かないから先へは進めない。

先へ先へと――

55 地球全体が我々の故郷である

人は他の人（魂）にはなれないが、肉体（道具）は色んな肉体を借りて修業する事が出来る。同じ肉体は一つもないのだから当然である。男になり、女になり、日本人になりアメリカ人になりアフリカ人になりロシア人になりと、有りと有らゆる地に住み、世界の人となる。全ての条件、全ての人種を経験し、それぞれの魂は高次元へと登り詰めて行くのである。

今、今世に居る我々は殆ど同じレベル、階段で言えば一段半段の差もない、五十歩百歩の集まりである。一寸偉そうな事を言えるからと、威張れる程のものでもない。次元が未だ未だ低いから、愛が浅いから、我々は此の世に修業に来ているのである。

我々は嘗《かつ》ては黒人であり、何れは黒人である。我々は嘗ては男であり、何れは女である。我々人間は誰しも世界の隅々まで、何れは故郷、古里となる。地球全体が地球国であり、一つのもの一つの故郷である。

その故郷を破壊してはならない、自殺行為である。他国に侵略し、人を傷付けてはならない。我々の地球は一つであり、他国も他民族もない、皆家族なのである。

家族を殺してはならない、故郷を壊してはならない、自殺行為である。今、直ちに止めないと地球は、我々の故郷は破滅する。確実に壊滅する。

今、我々の地球は凄い勢いで破滅に向かっている。自然環境の破壊は言うに及ばず、一番恐ろしいのは人心の破壊である。自分の事しか考えない、地域の事しか考えない、自分の国の事しか考えない輩が急増している。自我地獄である。

自我地獄に陥った者は、自らの家庭をも破壊する。気に入らなければ我が親でも、我が兄弟でも、妻でも夫でも……。国と国との戦争より非道い。

我が国我が民族我が家庭を守る為に、嘗ては戦争があった。今は、戦争をする価値もない。

先進国と言われる国の人達が、文明と逆行してどんどん野獣、禽獣化《きんじゅうか》していく。

今こそ、ホンモノの愛に目覚めなければならない。ホンモノとは愛の深い、大我大欲に生きる人の事である。ホンモノとホンモノが集まり、愛の実践を行う時、見る見る地球は洗い浄められ——奇跡は実現する。

□共存共生への道

56 思いは地獄、想いは天国

人の思いには二通りある。自分への思いと人への思いである。自分への思いが人への思いより勝れば勝る程、つまらない人間になる。爪に火を点《とも》して金ばかり貯める人は地獄である。友達がいない。いないというより作らない。友達を作れば付合いをしなければならない。付合いをすれば必ず経費が費かる。勿体ない。使わない金を貯め、通帳を眺めてニヤニヤしてる姿を想像して見よう。正しく地獄絵図である。

人と付合わなければ何も成長しない。人と付合わなければホンモノの感動は生まれない。通帳の数字が増えるのに感動しているのは、余りにも貧しい。数字が増えれば増える程、心の貧しさも増える。数字の豊かさは心の貧しさを表しているのである。

金持を見て羨むなかれ、金を持っていない貴方より遥かに貧乏なのである。

死ぬ迄に気が付けば助かる。遅過ぎると云う事はない。気が付かなければ折角貯めた金を大病の為に病院に注《つ》ぎ込む事になる。部下に裏切られ、持ち逃げされる事になる。子供の不祥事の尻拭いに使う事になる。不慮の事故で死に使えなくなる。恨まれて殺され、使えなくなる。どれもこれも貧乏人には殆どやって来ない不幸である。

金は貯める為にあるのではない。金は使う為にあるのである。それも自分の為より人の為に使えれば最高である。そうすれば又金が入って来る。又使う、と良い循環が繰り返され、人に愛され充実した生活が出来るから病気もしない。マイナーな出費は一つもしなくて済む。生きた、活きたお金を使える、天国の人生である。

人の思いには二通りある。自分への思いは「思い」と書く。田は自分、土地財産を意味し、自分、金への心が中心の状態である。やがて地獄に落ちる。

人への思いは「想い」と書き、相手への思いやり、相手の利益を望む心が中心の状態である。素晴らしい人生を送る事が出来る。天国に、幸福の頂点に登り詰める事が出来る。其処には感激がある。感動がある。

感激の数が多い程、感動の経験が多い人程、その素晴らしさが光る。燦燦《さんさん》と降り注ぐ太陽の様に光り輝き、人々に幸福を与える。同じ生まれて来たのなら、そんな人間を目指す今日この頃で生きましょう。

57 幸福の起源は家庭にある

幸福の起源は家庭にある。其処に生活する家族にある。不幸の起源も家庭にある。其処で生活する家族にある。家庭、家族次第で人は幸福になり不幸になる。ならば、幸福になった方が良いに決まっているのに不幸な家庭が多い。何故不幸な家庭を作って了うのか……。

壊れる家庭の大きな原因は夫にある。夫は大黒柱。此の大黒柱が弱いと家は崩れる。多少の弱さだと妻や子等の協力で支える事も出来るが、弱過ぎるとそれも叶わず壊れて了う。強くて逞《たくま》しい、立派な大黒柱であれば、その家庭は笑い声の絶えない素晴らしい家庭である。だが世間、強くて逞しく甲斐性のある夫ばかりではない。そんな素晴らしい夫ばかりであったら、世の中犯罪は無くなるだろう。一家の主たる夫の不甲斐なさが家族の信頼を失くし、家庭を崩し、やがて世間を壊して了うのである。

夫の責任は重大だが、弱ければ致し方ない。その弱い部分を妻が補わなければならない。妻が補い、二人合わせて一人前となる。内助の功である。それでも足りなければ子供達の協力が得られる。一生懸命家族の為に頑張っている父母の姿を見て、協力しない子供はいない。一家、家族一丸となって造り上げて行く、素晴らしい家庭である。大黒柱は居なくても良い。全員で支え合う、逞しい愛の柱に叶うものはない。絶対壊れない、素晴らしい家庭が其処にある。

夫にとって一番大切な妻、妻なくして家庭は創れないのだから、妻なくして家族は、子供は出来ないのだから、何と言っても一番大事な妻……。

その妻一人をも幸福に出来ない奴は人間失格である。情の薄い、愛の何たるかも知らないエゴイストである。そんな人間に何等かの、人も羨む才能が有ったとしても、又どんなにその才能を発揮したとしても、人々を幸福に導くものではない。導けるものではない。根底に愛がないからである。

愛の原動力を持たない才能は、魂の入っていない仏像と同じである。そんな人間が一国の主、首相や大統領になったら大変である。忽ちにして国は混乱し、やがては戦争に突入する。たった一人の妻、たった一つの家庭家族も幸福に出来ない人間に、国を護る事は勿論出来ない。

国民の飢え等意にも介さない。貧富の差はどんどん開き、自殺者も増え続ける。家庭家族を大切にしない人間を主にしてはならない。長にしてはならない。指導者にしてはならない。責任は我々一人一人にある。

58 家族も幸福に出来ない人間は社会的にも屑《くず》である

人は一人では生まれて来ない、一人では生きてゆけない。

これは、一人の力は非力である、人は人と扶け合い乍ら生きてゆかねばならない、と説いている言葉である。自分に少し才能が有るからといって、少し成功したからといって人を蔑み、悩んでる人や苦しんでる人を見ても、助ける所か嘲《あざけ》り罵倒《ばとう》する輩がいる。人の不幸を見て幸福感に浸る、底下層の人間である。一人で生まれて来たと思っている。一人で生きてゆけると思っている。そういう人間は生涯その幸福感に浸り乍ら生きてゆける、と思い込んでいる。

ところがどっこい、そうは行かない。必ず頭打ちが来る。悩み苦しむ時がやって来る。そんな時、誰も助けて呉れない、誰にも頼る事は出来ない。そして、惨《みじ》めな淋しい人生を終えるのだ。早く気付けば良い。早く気付いて人を愛し、人に愛される人間になる様努力すれば、必ず助かる。道は拓ける。

人は一人では生まれて来ない、一人では生きてゆけないという事を、肝に銘じて生きて行けば不幸はやって来ない。

一家の大黒柱たる夫は、家族を幸福にしなければならない。家族を幸福に出来ない夫は失格である。家族も幸福に出来ない人間は社会的にも屑である。生きている価値も無い。家庭を持ってはいけない。それでも平気で亭主面をしている恥知らずが実に多い。

　生活費を家庭に入れない夫。家族を飢え死にさせる気か。文句を言うと殴るは蹴るはの暴力を奮う。最低を通り越して腐っている。人間ではない。

　生活費は入れても家庭に寄り付かない夫。金さえ充分に入れて置けば文句はあるまい、と外で遊びまくり、おまけに浮気までする。金さえ有れば何でも思い通りになる、金で買えないモノは無いと豪語する馬鹿。そういう思い上がりが、やがて大きくけつまずく要因となる。一文も無しになった時やっと気付くが、その時既に遅しである。家庭はとっくに壊れ、妻や子は夫を見放し二度と戻っては来ない。今迄チヤホヤして呉れた人達も、蜘蛛《くも》の子を散らした様に誰も寄り付かなくなる。人は夫の懐《ふところ》に頭を下げ、その金にチヤホヤしていた丈なのである。人間としては始めから誰も認めてはいない。誰にも尊敬されていない所か、根っから侮蔑《ぶべつ》されていたのである。それが金の切れ目で、縁の切れ目となる。何れ寒空の公園のベンチで、カップの安酒をチビチビと呑み乍ら、朽ち果てる運命となる。拝金主義の成れの果てである。自業自得である。運命は良きも悪しきも自ら起こした行動の結果である。全て、当然の結果であり、不意にやって来るものではない。

59 実行出来てこそ当り前

至極当り前——当然の事が、実は、実に一番難しい事に気が付いてる人が、どれ程いるだろうか。当り前の事が簡単なのは頭脳丈だという事に気付いている人がどれ程いるだろうか。頭で直ぐ分かる、あれこれ謎解きの様に考えなくても直ぐ理解出来るから「簡単じゃないか」「当り前じゃないか」と、当り前を馬鹿にする人が多い。そういう人に限って当り前のどれ一つとして、出来ていないのである。そう、実行出来てこそ当り前なのである。

実行出来ない当り前は無い。つまり、実行出来ない限り当り前であって当り前ではない、という事である。

「結婚したのだから妻を愛し続けなさい」と言われ「そんなの当り前じゃないか、あんたに言われる筋合はない」と、妻への愛を自信を以て喋る夫。そういう人に限って浮気をする。

浮気は妻への裏切りである。何れ離婚となり、家庭家族喪失という大きな代償を払う事になる。極極、簡単な当り前を実行しなかった結果である。取り返しのつかない人生となる。

世の夫諸君、決して驕ってはならない。愛する妻がいるから、金に代えられない、宝の子供がいるから、それが励みとなって働ける。生き甲斐が持てる。家族に感謝し、家族に感謝され、素晴らしい一日一日が過ごせる。決して驕ってはならない。何も偉い事ではない。極極当り前の事である。なのに当り前の事が出来ない人が多い、実に多い。そういう人は当り前の事を当り前だと馬鹿にする資格はない。

馬鹿に馬鹿だと言う人と、馬鹿に馬鹿だと言われる人と、どちらが馬鹿か？　ん？　兎に角、当り前を馬鹿にしてはいけないと言う事である。実行するのが一番難しいのも「当り前」であるという事だ。

当り前に生きないと無理をする事になる。無理をすれば病に罹る。当り前に生きていれば病に罹らない。当り前に生きていれば人に騙されない。当り前に生きていれば人を騙す事もない。当り前に生きていれば心配事も悩み事もない。当り前とは自然の事である。

当り前の事を当り前に生きる……その自然体が人に好かれ、愛される。

キリキリカリカリしてる人間に、人は寄って来ない。川の流れの様にサラサラと、五月の薫風《くんぷう》の様にソヨソヨと、たゆたう様に飄々《ひょうひょう》と生きてゆければ、何と素晴らしい事か。当り前に生きる事の難しさ……だから素晴らしいのです。

60 貧の上に立つ富

此の世は対比で成り立っている。相反するもので成り立っている、と言える。明と暗。朝と夜。そして、この相反するものは交互にやって来る。朝、朝、朝と続く事はない。夜、夜、夜と続く事もない。

幸福の影に不幸がある。不幸の裏に幸福がある。喜びの影に悲しみがあり、涙の表に笑いがある――勝者がいて敗者がいるのである。

勝者ばかりでは敗者は成り立たない。敗者がいなければ勝者は存在しない。誰もが勝者になりたがる。勝って幸福になりたがる。勝つと幸福になれると信じている。

此処で、勝つという事は決して幸福ではないという事を学ばなければならない。決して、手放しで喜べるものではない、という事を悟らねばならない。

損をする者がいるから得をする者がいるのである。人の上に立っている幸福である。不幸の犠牲の上に成り立っているのが幸福である。決して、有頂天になり幸福感に浸るものではない。決して不幸な者を、決して敗者を馬鹿にしたり、蔑んではならない。必ずや己にも不幸がやって来る。必ずや敗《ま》ける時がやって来る。勝った時、幸福になった時、敗けた人の事を想い幸福に感謝しよう。

何時も敗者の立場を想い、敗者の立場に立って、慈しみの心を以て生きれば、我が身が敗者の立場であっても敗者に非ず、勝者であっても勝者に非ず、素晴らしい人生を送る事が出来る。

人生はコントラストで出来ている。小があり大がある。弱があり強がある。表があり裏がある。貧乏がいて金持がいる。

貧の支えの上に富がある。金持は貧乏人に感謝しなければならない。そして、その感謝は形に現さなければならない。出来得る限り、自分の富を分け与えねばならない。それが出来れば、永遠に貴方の富は約束されるだろう。

裏方という根っこが在って、表方というスターが存在する。

根っこが在るから枝葉が生え、花が咲く。それを忘れたら根っから駄目である。ダメだネ。

くれぐれも御他愛の今日この頃で……

61 人皆善也、悪皆己也

人皆善也、悪皆己也。善き事は皆己ではなく人のお陰、悪しき事は皆己で人の所為ではない、と思える様になると腹の立つ事はなくなる。腹を立てる理由がなくなる。善き事、手柄も己ではないのだから得意になる事もない。

自分が悪くないのに何故自分が悪い、と思わなければならないのか。悪いのは相手であって断じて私ではない、と立腹する人がいるだろう。理不尽にも殴り掛かって来た相手に立ち向かい、怪我をさせて了った。「正当防衛である。身を護る為には致し方がなかった」と言うだろう。確かにそうである。どう考えても暴行を受ける筋合はない。相手が悪い、法的にも正当防衛は認められる。

だが、よーく考えて見よう。何故自分に襲い掛かって来たのか、何故自分なのか……。嘗て、恨まれる様な事はしていないか。不愉快な思いをさせていないか……。無意識の中に人を傷付けているかも知れない。全く理由が見当らなくても、必ず理由がある。理由のない現象は有り得ないのだ。理由が直ぐに思い浮かばない理由程、奥が深い。罪深いものである。

暴行を受け、抵抗も出来ず傷付けられた人がいる。「何故暴行を受けなきゃならないんだ、何て奴だ！」と相手を恨む。当然である、殴られる筋合はない、被害者である。と誰もが思うだろう。

だが、よーく考えて見よう。一見、加害者と被害者が判然《はっきり》としていて、善悪の区別が付け易い様に思える、此の事件。実は、加害者が被害者で被害者が加害者であった、という事も多々あるのである。自分の胸に手を当てて、よーく考えて見よう。必ずその原因に突き当る。「私は絶対に悪くない」と、心を閉ざしたら原因には行き当らない。悪しき事は必ず私に在る、と思える様に訓練しなければならない。でないと、何処までいっても成長する事は出来ない。人間として伸びる事は出来ない。

善き事も悪しき事も全て当然の結果である。自分の行動の結果である。だが、善き事が起きた時、それを自分の手柄と思わず、人様のお陰と思えれば、自然と感謝の念が湧いて来る。悪しき事が起きた時、それは全て自分の不徳と反省すれば、憎悪の念が消えていく。この訓練を続ければ、自ずと険しい顔は柔かく優しい表情となる。慈悲深い、愛に溢れた素晴らしいエネルギーを発散する様になる。人の成長は人とのコミュニケーションに依って培われる。

さあ、今日も書を捨てて人に逢いに行こう！

62 人は何故動物を飼うのか

人は人と出会い話す事に依って勉強し、成長する。色んな人に出会い、色んな事を教わる。人間は人と人との間——交流に依って人格が形成されていく。一人では決して成長しない。人間嫌い、孤独好きでは決して人格は形成されない。人が好きで好きで堪《たま》らない、という人程成長度が高いのは当然の事である。

人は何故動物を飼うのか。動物を飼って異常に可愛がる人がいる。生来動物好きの人は、異常に可愛がる様な飼い方はしない。

年々、ペットの異常な飼い方をする人が増えている。そういう人は人間よりもペットの方が好きなのだ。そういう人は人間よりペットの方が大事なのだ。自分の大事なペットの為なら人をも殺しかねない……正しく異常である。

そもそもペットを飼いたがる人は自我の強い人が多い。ペットは自分の思い通りになる。自分に従ってくれる。自分を裏切らない。自分を王様に、女王様にしてくれる。自分のオモチャになってくれる。自我を傷付けず守ってくれる。非常に都合が良い。だから可愛い、愛せる、愛しくて愛しくて堪らない。

そもそもペットを飼いたがる人は自我の弱い人が多い。人に自分の意思表示の出来ない、気の弱い人が多い。人に騙されてばかりいる人が多い。失恋ばかりしている人が多い。

人の世は生き辛い、苦しい、疲れる。そんな時ペットの存在が助けて呉れる。その姿を、顔を見た瞬間、辛さが苦しさが疲れが吹っ飛ぶ、ペットに救われる。そして心を癒し、また世の中に飛び出していく。人とペットのとても良い関係が其処にある。と、思う人が多いだろう。確かにそれはそれで良いのだが、果してそれがベストであろうか……。決してベストではない。

本当の愛は、本当の幸福は人と人との中に有るのである。人間不信は不幸である。人を好きになれない、人に好かれない――不幸である。だから、その不足を補う為にペットに愛を注ぎ、ペットに愛を貫い、其処から来る代理の幸福を得ても、それは何処までいっても代理である。真に深い愛ではない。幸福ではない。

ペットと結婚は出来ない、ペットとの間に子供は出来ない。ペットに奇麗なキモノを着せても、人間ではない。ペットを幾ら苦おしいまで抱きしめても、真の喜びは生じない。

決してペットの異常な飼い方をしてはならない。その人の成長が止まる。唯のエゴである。大事なのはペットではない、人間である。

63 誰をも愛せる人は異常である

人は人を愛する事を勉強する為に現世に生まれ、今生を修業し来世に旅立つ。愛の浅き者が愛を深め、今生を卒業する。優等生なら卒業する。然し、卒業出来ない者も数多い。幾ら勉強しても卒業出来ない、劣等生である。酷いのは、生まれ来た意味も目的も知らず、知ろうともせず死していく者も数多くいる事だ。劣等生以下である。生まれ来た価値もない。そういう人は、平気で人を傷付け世の中の害になり、最後は地獄の底を這いずり阿鼻《あび》叫喚《きょうかん》の中に死んでいく。人は誰も恨まれたくて、憎まれたくて生きている訳ではない。人は誰も恨みたくて、憎みたくて生きている訳ではない。

人は誰しも愛したく生き、愛されたく生きている筈である。なのに、世の中は何故憎悪が氾濫《はんらん》しているのか。醜い戦いが毎日地球上を、世界中を駆け巡っているのか。「清く正しく生きる」なんて言葉は非常に軽く、空しく聞こえて来る。清く正しくなんて言葉は死語になりつつあるのか。

今まで立派だと思ってた人が、実はとんでもない悪人だったなんて事は日常茶飯事で、吃驚仰天する事ではない世の中になって了った。尊敬される聖職者の筈が性犯罪者であったり、人を取り締まる側の警官が罪を犯し、同じ仲間に取り締まられたりと、一体誰を信じたら良いのか分からない世の中……どんどんどんどん環境汚染と肩を並べて、人間腐敗も進んでいく。これから次代を担って行かねばならない若者達、これから生まれて来る新生児達は、何を見本として、何を目的として生きて行けば良いのか……。大人達の責任である。

大人達よ、危機感を持たなければならない。地球を清く正しい平和な世界にする為に、今迄汚して来た大人達が、今生ある中に反省し、責任を取らねばならない。

ゴルフをやっている場合ではない、麻雀をやっている場合ではない。子孫の為に働かねばならない。子孫に感謝される様な人生を、終り方をしなければならない。

「誰をも愛せ」とは言わない。「誰をも愛しています」と言う人がいたら、偽善者であると決めつけても良い位、自我欲の塊の様な人が圧倒的に多い。

数学的論理から言えば、誰をも愛せる人がいたら、その人は異常である。誰をも愛せる訳がない、変人である。異常者である。困った事だと嘆いている事態ではない。

誰をも愛せる人にならなければならない。誰をも愛せる様に努力をしなければならない。汝の敵は汝の中に有る。為せば成る……が。

64 因は前生、縁は現世である

誰をも愛せる様になるには何《ど》うすれば良いか。

誰をも愛せる様になるには、先ず〝誰をも〟という此のとてつもない大きなスローガンを取り外す事から始めねばならない。でなければ直ぐ挫折する。

人は皆、自分の内に正反対のモノを持ち合わせ、共存共生しながら修業するのである。だから、必ず好きな物があれば嫌いな物があるのである。この好きと嫌いのバランスの取り方で、人から好かれたり嫌われたりと変化する。

嫌いなモノが好きなモノより圧倒的に多いのは、修業が足りない証拠である。怠け者である。好きなモノが嫌いなモノより圧倒的に多いのは、良く修業して来た証しである。優等生である。

優等生になるには、どの様に修業をすれば良いのか。

先ず〝誰をも〟とか〝全てを〟という目的を捨てる事から始めなければならない。今直ぐに実行出来ない目標は、直ぐ出来ない事に気付き、自分に幻滅を感じ自己嫌悪に陥《おちい》る。そして挫折して了うのである。

先ず実行する事は、一番克服し易い〝嫌い〟を探《み》つけ、一番自信のある〝好き〟と闘わせる。当然、力の差で〝好き〟が勝つ。そして次次と克服し難い〝嫌い〟に挑戦しながら、難敵中の難敵に近付いて行くのである。

人は、人であれ物であれ好き嫌いが有る。有って当然なのである。それが全く無ければ此の世に生まれては来ない。修業は終わっているのだ。

軽い〝嫌い〟から始めよう。何故か虫の好かない人、何処と言われても良く分からないが、敢えて言えば、言葉遣い動作が気に入らないという人が居ないだろうか。これは、前生からの因縁が影響している事が多い。前生で敵同士であったか、一方的に害を受けていた事が多い。だから初対面でもムッと来る。訳も分からず反省する必要はない、前生で被害者だったのだから。でも、だからと言って前生を引き摺って復讐するというのでは、此の世で会った意味がない。人は許す為に生まれ来たのである。前生で許して上げられなかったから、今生で出会い許して上げるのである。

因は前生、縁は現世と理解すれば良い。因で出来なかった修業を縁で達成し、人格が向上して行くのである。今生の中にも因縁が有る。生まれ来てから昨日迄が因、今日が縁である。昨日、自分に害を与えた人に今日出会ったら、それは、今日許して上げろという天のサインである。それが出来たら、その憎しみや恨みを将来に持ち越さなくて済む。幸福に一歩近付く。

65 みんなを好きに

前生からの因縁ではなく、単なる唯の勘違いで〝嫌い〟と感じる場合がある。此の場合、その人と会わない様に、関らない様にするのではなく、修業だと観念して自分を、自己を殺して積極的に接して見よう。決して喧嘩を売ってはならない。二言三言ではなく、もう少し我慢して相手の事を研究して見よう。意外な結果が出る事が多い。意外な事に気付き、大発見に繋がる事もある。相手の嫌いな部分は、実は才能であったり、形態の美醜であったり、財産の多少であったりと、敗者の妬《ねた》みが原因であったり、勝者の侮蔑が原因であったりする事に気付く。この場合、自分の醜い心が惹き起している感情だから、それを恥じ反省すれば、直ぐに、即相手を〝嫌い〟から〝好き〟に転ずる事が出来る、全て自分が原因だったのだから。

私の大好きな童謡詩人・金子みすゞの詩集の中に、こういうのがある。

みんなを好きに

私は好きになりたいな、

何でもかんでもみいんな。
葱《ねぎ》も、トマトも、おさかなも、
残らず好きになりたいな。
うちのおかずは、みいんな、
母さまがおつくりなったもの。
私は好きになりたいな、
誰でもかれでもみいんな。
お醫者《いしゃ》さんでも、烏《からす》でも、
残らず好きになりたいな。
世界のものはみィんな、
神さまがおつくりなったもの。

第三章

豊饒

豊饒《ほうじょう》

幸福は今　手の中にある

一人で生まれて来たんじゃない
一人で生きて来たんじゃない
今　目の前に愛する人がいる
今　目の前に愛してくれる人がいる

目が見え　耳が聴こえ　人と話が出来る事に
手が足が動ける事に　人に触れる事に
家族がいる事に　友がいる事に
生きている事に　ありがとう　を言おう

いつも本音で語り
いつも人の事を考え　動ける

それを　一生貫こう
それが　愛　なのだ
今直ぐ出来る
今直ぐ　幸福になれる
そして　平和がやってくる
幸福は　今　手の中にある

□燃ゆる愛

66　出会った時だけが生きているのではない

人生には色んな事が起きる。決して順風満帆ではない。春の様にポカポカと閑《のど》かな日々があったかと思うと、夏の様に暑くて息苦しく、喉が枯れ、何をやっても効率の上がらない日々がある。秋の様に何をしても上手くゆき、全てが身に着く日々がある。

だが、思い上がっていると、やがて、突然冬がやって来る。想像もしなかった災難に遭う。何故こんな目に遭わなきゃならないのか——再起不能な迄に叩きのめされる。いっそ死んでやろうか、その方が余っ程ましだ、誰か助けてくれ——！

人間絶体絶命のピンチに立った時、本当の真価を発揮する。地獄に落ちるも天国に登り詰めるも、本人次第である。誰も助けてくれない——何も解決しないのである。

物事には必ず原因と結果があって、全ての出来事は善きも悪しきも当然の結果である。悪い結果が出た時、その原因は必ず己の中に在り、それを反省し改めれば、必ずその結果は好転する。災い転じて福となるのである。故に、災いの真っ只中にいるという事は、一大成長を遂げるチャンスを迎えているという事である。今が最高のチャンスなのである。

人は一人では生まれて来ない、一人では生きてゆけない。神代の昔から人は愛し合い、仲良く生きてゆく様に創られている。人間の原点は〝愛〟なのだ。

人には必ず出会いがあり、やがて別れがやって来る。楽しい付合いだと楽しい想いが、憎しみ合った付合いだと憎しみが——残る。

出会った時だけが生きているのではない。別れた後も、全てがその人の心の中に残る。愛に満ちた素的な関係だと、その温もりは永遠にお互いの魂の中に宿る。

人は人との繋がりを切ってはならない。千切れた心と心は仲々結びつかない。人間関係を崩壊させてはならない。人間は自然を破壊してはならない、必ず自然の大逆襲に遭う。

広大な自然に融和して、素直に謙虚に、清々しく生きて行かねばならない。

人生には色んな事が起きる。だがそれは全て、貴方の成長の為に起きるのだ。善きも悪しきも全て、貴方の為に在る。

67 幸福は今、手の中にある

人生はドラマである。人生は感動である。感動のない人生は人間とは言えない。感動は人と人との触れ合いの中にある。そのコミュニケーションの中にある。

物理の中にホンモノの感動はない。新築の家が建って嬉しいのは、感動ではない。その時だけの喜びである。住居に慣れると、もっと豪華な家が羨ましくなる。倒産の憂《う》き目に遭うと、抵当に入れ、やがて失くして了う。

事業に成功しても家庭を顧《かえり》みないと妻も子も離れて了う。どんなに立派な家でも家族が憎しみ合っていたら、何の意味もない。

荒屋《あばらや》で家族が犇《ひしめ》き合っていても、其処にコミュニケーションが有れば、温かい心が通じていれば、その家庭には何時も笑いがいっぱい、明るくて楽しい……幸福な家庭である。どんな豪邸よりも大邸宅である。

物理の豊かさと、心の豊かさは必ずしも一致しない。物理の高さと人間の高さは必ずしも一致しない。否、寧《むし》ろ反比例する事の方が多い。一億円儲ければ二億円欲しくなる。二億円儲ければ五億円、五億儲ければ十億と、際限がない——何時も寒《さも》しい貧しい心である。安らぎのない不幸な人生である。

人は誰しも幸福になりたいと思っている。幸福になろう、幸福になろうと不幸になっているのである。わざわざ不幸になっているのである。今ある現状を嘆き悲しんでいるのである。

幸福は今、手の中にある事を知らなければならない。自分の欲と現実との差、そのギャップが不幸なのである。欲を小さくすればする程、そのギャップはなくなり、今直ぐにでも幸福になれる、今直ぐにである。

生かされている事に感動し、歩ける事に感謝する。目が見える事に、耳が聴こえる事に、人と話が出来る事に、人の心に触れる事に、家族がいる事に、友がいる事に……生きている事に感謝する。それ以上何を求めると言うのか……。

一人で生まれて来たんじゃない、一人で生きて来たんじゃない。何も求めなくても、今のままで幸福であるという事が分かれば、それ以上の出来事は全て喜びで、人の事も一生懸命考えて上げられる様になる。

人を楽しくすれば自分も楽しくなる。人を喜ばせれば自分にも喜びがやって来る。その為には人が好きでなくてはならない。好き嫌いがある中は人間としてレベルが低い。自分に都合の良い人だけが好きだから、嫌いな人が生じるのである。その嫌いな部分は自分の中にある。

68 欲という目の曇りはホンモノを見つけられない

自分の中にある欠点や厭な部分を持ってる人と出会うと、どんな気がするだろうか。自分とそっくりなので吐き気がする程その人に嫌悪感を抱くだろうか。自分と同じ欠点なので、妙に安心し理解し合い、仲良くなるだろうか。

その人に嫌悪を感じるという事は、自分も人に不快や嫌悪の感を与えているのだから、と反省し、改める様にするのか。その人にも指摘し、共に改める様に努力するのか。いずれにしても嫌悪を感ずる人に出会ったら、向上・進歩・成長するチャンスである。決して逃げてはならない。逃げると永久に成長する事は出来ない。永久にホンモノにはなれない。

ホンモノ、ホンモノ、ホンモノと、矢鱈ホンモノを探してる人がいるが、それは本人がニセモノだからである。そういう人に限ってホンモノに会ったら、そそくさと逃げ出して了う。ニセモノだからである。自分がニセモノである事を見破られるのが怖いから逃げ出すのである。逃げ出さないと生きて行けないからである。

逃げなくともホンモノは初めから見抜いている。ホンモノだから、見抜かれているんだから、観念して本当のホンモノになろうと、ホンモノに教えを乞えば良いのだが、ニセモノはその絶好のチャンスを逃がし、自ら逃げ出して了う。勿体ない話である。

ホンモノは打算が少ない。限りなく少ない。ニセモノは打算が多い。限りなく多い。ニセモノとホンモノが肩を並べれば、誰が見ても一目瞭然で違いが分かる。だからニセモノはホンモノと肩を並べたくないのである。

ニセモノは主目的の利益追求を隠し、人の為人の為と善人ぶる詐欺師である。決して善人ではない。善を偽る偽善者である。

ニセモノとホンモノを見分けるのは簡単だが、その人の目が曇っていたら見分けられない。欲という目の曇りは、ニセモノをホンモノと思い、ホンモノをニセモノと理解して了う。此処に詐欺が成立する。此処にニセモノが繁盛する理由がある。

ホンモノになりたければ自我欲を削る事である。自我欲を削らずにホンモノになる事は出来ない。自我欲そのものがニセモノだからである。削りたくなければ諦めて、永久にニセモノでいれば良い。決してホンモノぶってはならない。そして、ニセモノ同士で鎬《しのぎ》を削り、地獄へ地獄へと落ちて行くのである。それが厭なら、食欲性欲快睡欲を必要以上に求めず、余分な物は持たず、人に夢中になる事から始めよう。人に夢中になる事を最大の、唯一の趣味としよう……

69 今直ぐ、何をすべきかを考えろ

人に夢中になると人生が一変する。自分に夢中になってる幸福感と、人に夢中になって得られる幸福感では同じ夢中でも雲泥の差がある。百倍も千倍も幸福度が違う。全く次元の違う幸福なのである。その違いに気付いた時、人は目醒める。真の愛に目醒める。如何に自己愛が、次元の低い価値の無いものかと気付いた時、それ迄の人生を恥じ、反省し、新しい黄金の道を歩む第一歩を踏み出す事が出来る。そして、その気付きを一人一人と伝え、広めて行く事が至上の喜びとなるのである。それがホンモノの道である。

ホンモノを一人、一人と確実に増やして行かねばならない。一人一人と増やして行き乍ら自身を、より光り輝くホンモノへと向上させて行かねばならない。遊んでいる場合ではない。

今、地球は危機に直面している。文明の発展発達と反比例して、人間の心は荒《すさ》み、後退し、天変地異の崩壊を待たずして、人間自身の手に依って、地球は音を立てて崩れ始めている。

友食いを始め、それがやがて近い将来、友倒れになろうとしている。

このまま行けば、過去に犯した過ちよりも、もっと大きな、取り返しのつかない、全滅

に近い友倒れを人間は犯して了うのである！

ストップを掛けねばならぬ、大急ぎでストップを掛けねばならぬ。一人一人が愛に目醒め、ホンモノとなり、一人一人がストッパーにならねばならない。遊んでいる場合ではない。太鼓腹を抱えて、しゃもじを担ぎ、玉を掬《すく》ったり転がしたり……。動かぬ穴に四回でPAR、五回でPAR！　世界の危機を、我が家庭の崩壊を微塵《みじん》も気付いていない大人諸君、「お前の頭がパー」である。あまりにも馬鹿である。あまりにも鈍感である。自分の身に直接降り掛かってこないと分からない脳天気である。今直ぐ目覚め、何をすべきかを考えろ、直ぐに答が出る。答が出れば後は実行あるのみである。今直ぐ、出来る事から一つずつ始めよう。

自分の家庭は愛に満ち満ちているか？　自信がなければ何かが足りないのだ。不足分は充足しなければならない。親族の家庭は愛に満ちているか？

君の友は、君の友たちは皆愛に満ちているか？　不幸に喘《あえ》いではいないか？　不幸であれば、何故不幸なのか、その原因を突きとめ、幸福になる為に手助けをしてやらねばならない。麻雀をやっている場合ではない。仲間内で金の取り合いをして、限りある命を、時間を自分で縮めている場合ではない。

刻一刻と破滅は近づいている。目覚めよ諸君！

70 人の命は一寸先も分からない

1991年6月3日。長崎県島原の普賢岳が噴火して、その火砕流は尊い43名の命を呑み込み、一気に有明海に流れ込んだ。人の命は分からない、人の明日は分からない、人の今日も分からない、一寸先も分からない……。

若き消防団員の亡き後、その若妻が遺児と共に逞しく生きていく姿を実話を元に歌にしたのを載せておこう。

普賢花

作詞 東 隆明　作曲 藤山一男　編曲 古川忠義

一 〝この花は　君に似ているね〟
〝あなたに見られて　嬉しそう〟
野の傍《かたわ》らに　ひっそりと
可憐に咲いた名もなき花に
二人で名付けた　普賢花

二　〝僕について来れそうですか〞
〝あなたが手を離さなければ〞
いつも歩いた山路を
ひとりで登って行ったきり
あなたは帰って来ないのね

三　〝大きな目をして　可愛いね〞
〝あなたにとっても　似ているわ〞
お山の怒りに　呑みこまれ
召されたあなたの遺し子が
普賢の麓で　はしゃいでる

四　この子がいなければ　きっと
あなたの後を　追ったでしょう
お空の彼方から　いつも
見ていて　この子と私
私は野に咲く　普賢花
普賢に咲いた　普賢花
普賢に咲いた　普賢花

71 感謝の原点——ふるさと

人は幸福過ぎると、人の不幸が目に入らず、自己の外形の美や命を長らえる事許《ばか》りに熱中する様になる。欲張りなのである。醜い欲張りである。

人は一人では生きて行けない、という事を何時も肝に銘じていなければならない。其処に感謝の原点がある。生きている、生きて行く原点、生命のふるさとを歌にしたのを載せておこう。

ふるさと

作詞 東 隆明　作曲 ふるかわただよし

人は誰しも　母の胸から飛び立って
広い世界に　巣立ちゆく
ゆく先々に　壁あり　山あり　谷がある
雨降り　風吹き　嵐来る
そんな時　母の匂いを想い出し

そんな時　母のぬくもり想い出し
深い愛に　報わんと　涙乍らに　ムチを打つ

人は誰しも　父の生き様見て育ち
広い世界に　羽ばたき渡る
世の大海に　小波　さざ波　しけありて
乗り出し　こぎ出し　舵を取る
そんな時　父の姿を想い出し
そんな時　父の厳しさ思い出し
幼き頃に　享《う》けた愛　感謝乍らに　船をこぐ

愛は与えるもので　勝つものじゃない
愛は帰ってくるもので　奪うものじゃない
ふるさとは人の心にあり　永遠のもの
ふるさとは生きてる証　永遠にあり
永遠にあり

72 サタンに打ち勝ち撲滅しなければ……

天災は忘れた頃にやって来ると言うが、近年は世界のあちこちで頻繁《ひんぱん》に起こり、忘れる時間も与えてくれない現況である。

健康の為に健康食品を摂《と》り、太り過ぎない様にスポーツジムに通い、美容の為にサロンに通ったりと、金と時間を費やしても一瞬の災害で、あっという間に命を落として了う…。どんなに努力をしても何の甲斐もなく、何の意味もなく消えて了う肉体。健康、健康、健康と幾ら追求しても無駄な事なのである。

人は幸福すぎると人の不幸に気付かず、自分の外形の美ばかりを追求する様になる。自分の命を長らえる事ばかりに熱中する様になる。欲張りなのである。醜い欲張りである。そんな人程、病に罹る。

人の事に、人の為に夢中になり時間を費やす人は病に罹らない。病の入り込む隙《すき》がないのだ。病とは縁が無くなる。病と縁が無いのだから、薬や病院とも縁が無い。

自分の為に生きてる人は金が貯まる。金をいっぱい貯めて、病に罹ったり事故や災害に遭って、結局は治療費や修繕費に使い果たしたり、使う前に朽ち果てる。

扨、どちらの生き方が良いか、どちらの生き方が幸福か……。瞭《はっき》りしている事だが馬鹿には分からない。分かろうともしない馬鹿は救いようもない。

人の喜びを我が喜びとする。その至上の幸福を知った時、人は人に夢中になり、命を燃やす。燃ゆる命となり、魂は磨かれ光り輝く。黄金の道を走り出すのである。燃ゆる命、燃ゆる愛を駆使して、世界を浄化へと導いて行かねばならない。

素晴らしい人とは、人に愛される人である。素的な人とは、人を愛し人の為に一生懸命働ける人の事である。何時も爽やかで、その笑顔は周りの人を暖かく包み込む。その言葉は人の心に響き、その愛は人の魂を搏《う》つ。

人間は戦争をする為に地球に生まれて来たのではない。

国と国との戦いが無くなれば、国内で仲間喧嘩をし、仲間喧嘩が無くなれば隣人と諍《いさか》いを起こし、隣人との諍いが治まれば家族内で骨肉の争いを起こし、果ては肉親をも殺して了う。

平和平和と唱え乍ら、その実、実に戦う事が好きなのも人間である。

無理に戦う理由を作ってでも戦争をしたがる輩がいる。サタンである。

我々は此のサタンに打ち勝ち、サタンを撲滅しなければならない。

我が内に有るサタンにも打ち克ち、撲滅しなければならない。

73 天国と地獄の切符……どっち？

両親や兄弟の愛に包まれ、素晴らしい師や友たちに恵まれスクスク育つ人は幸福である。世界の家庭や環境がそうであれば、何と素晴らしい事か……。争い事の一つも無い世界が其処に有る。争い事が無いのだから、軍隊も警察も核兵器も不要のものである。

悩み事や心配事も無いのだから、宗教も暇だし詐欺も成立しない。

然し、そんな完璧な理想の世界は未来永劫構築出来ないだろう。全体的に考えれば長い時間を費けて少しずつ理想に近付く事が出来るかも知れない。懸命に努力する人を一人ずつ増やして行くしか方法はない。

世界を悪魔の巣窟《そうくつ》にして了うのは簡単で、時間は費からないが、世界を天使の愛の園にするには遠大な時間が費かる。気が遠くなる程の努力が必要である。

苛《いじ》めや人を殺す奴は人間ではない。悪魔である。然しそういう奴も生まれつき悪魔だった訳ではない。そういう奴の殆どが家庭に理由がある。必ずといって良い程両親に原因がある。両親が仲良く愛し合っている家庭に生まれた子が、悪魔になる事は先ず有り得ない。

世の中で起きている犯罪は、その犯人の親に多大な原因がある。だが犯人が成人である限り、その親は罪を問われない。刑を科せられる事はない。最大の責任はその生産者である親にある筈なのに、親が刑に服する事はない。だから犯罪が減らないのである。親が刑に服するのであれば良い加減な育て方は出来ないだろう。

然し、どんなに悪い環境に育っても素晴らしく成長する人も沢山いる。

自分の不遇を親や世の中の所為《せい》にせず、親を反面教師として、世の中を修業の場として、前向きに明るく生きている人が一杯いる。どんな仕打ちに遭っても決して恨まず、人を愛し、楽しく生きている人が一杯いる。

自分の境遇を嘆き悲しめば、内にサタンを誕生させる事になる。そしてそのサタンは、親や世の中への復讐鬼となって暴れ出す事になる。そうなれば破滅である。

自分の不遇を自分に与えられた試練だと、境遇に天に感謝し懸命に生きてゆけば、内に天使を誕生させる事になる。

一つの仕打ちを不遇と嘆くか、励みとするかで天国と地獄に別れる。

果して、貴方はどっちの切符を手に入れますか？

74 生命の尊さと生きる事の素晴らしさ……

人は皆、人として生まれて来た限り、生命の尊さと生きる事の素晴らしさを知らねばならない。愛する事と愛される事の喜びを知らねばならない。でなければ唯、飯を食って排便する丈の機械に過ぎない。只の動物であって人間である必要もないし、人間である資格もない。

人間、此の世に生まれて来た限り、愛を知り愛を深め、素晴らしい人生を送らねばならない。人を嫌い人を恨み人を傷つけてはならない。人に嫌われ人に恨まれ人に傷つけられてはならない。

人間にとって一番大切な財産は金銭ではない。金は使えば無くなるが、愛は、真の愛は永遠である。永遠に人の心の中に残る。肉体は死しても、その愛は、その魂は人々の心の中に生き続ける。

どれだけ人々の為に働けるか、どれだけ人々に感動を与えられるか、どれだけ人々に感謝されるか……

友の居ない孤独な人は成長しない。成長しないまま人生を終える。勿体ない事である。何の為に生まれ何の為に生きるのか、幸福とは何なのかを知らずに、愛する事を知らずに、知ろうともせずに人生を終える人は、生きて来た意味もなく、寧ろ、害である。

夫は連れ添って呉れる妻に感謝せねばならない。大事な大事な宝、子供を産んで育てて呉れる妻に感謝しなければならない。

妻は、自分を愛し自分や子供の為に一生懸命働いて呉れる、夫に感謝せねばならない。

妻も夫も生まれて来て呉れた子供に感謝しなければならない。

子供の誕生が、成長が、夫婦をより成長させ幸福にして呉れる。

子供は、自分を生んで呉れた両親に感謝しなければならない。どんな父であれ、どんな母であろうと、その父と母でなければ自分は生まれて来なかったのである。その個性は、その父と母のＤＮＡ以外には有り得ない世界にたった一人の個性、貴方なのである。良きも悪しきも全てＤＮＡに感謝しなければならない。悪しきものを改善し、良きものを増やす事が親への恩返しである。人皆その事に心掛ければ、次の代またその次の代と良きＤＮＡが増え、人はどんどん成長し、世界は平和になり、愛に溢れた地球となる。

地球は素晴らしい、愛の星となる。

75 燃ゆる愛

人間、此の世に生まれて来た限り、一つの使命を享けている。無意味に生まれて来る事は有り得ない。間違いなく、必ず、絶対意味を持っている。此の真実を信じ認識すれば悲観という言葉、絶望という言葉は貴方の脳裡から失くなる。

人は人それぞれが他の人には無い価値を持って生まれて来る。焦せらず、じっくり、冷静に自分を観ていれば、自然にそれを発見する事が出来る。必ず有るのだから絶対に諦めない事だ。そして、それを発見したら、その価値を駆使しなければならない。それを駆使する事が享けた使命なのである。

人は、それを発見した時から沸々と使命感が湧いて来る。情熱が湧いて来る。そして、それを駆使する時、貴方に力が湧いて来る。勇気が湧いて来る。

言葉に言い表せない程の充実感と幸福感が漲《みなぎ》り、天の加護を得て素晴らしい仕事が出来る。失敗は有り得ない。人々に感謝される。

然し、欲が首をもたげた時、その欲が判断を狂わす。失敗する。失敗しない為には常に自分をチェックする必要がある。

①今、行いたい事が自分の為丈のものではないか？
②自分もそうだが人の為にもなるものか？
③全て人の為で、其処に自分は見当らないか？　とチェックして見よう。
自分の為丈のものなら、初めは上手くいっても後に必ず失敗する。人に嫌われ不幸になる。

自分にも人の為にもなるものであれば、人の為の方を優先すれば一応は成功する。

全て人の為で、奉仕の精神に満ち溢れていれば、それは必ず実る。人々に感謝され大成功する。それを大我大欲の大勝利という。

奉仕の精神を支えるもの、原動力は愛である。愛の精神が満ち溢れていればいる程、深ければ深い程、天の支援を得て人々を幸福にする事が出来る。

愛が深くなればなる程、その人は磨かれていく。その力は、どんどん大きくなる。

ホンモノの愛に障碍《しょうがい》はない。その深さに、その大きさにサタンも逃げ出し、寄付かなくなる。

ホンモノの愛は燃えている。灼熱《しゃくねつ》の炎となって燃えている。

大きく大きく、熱く熱く、燃ゆる愛なのである。

□命の輝き

76　愛は奇跡を起こす

人の命は一分一秒先も分からない。分かった様な予言をする輩はインチキである。だから今が大事なのである。今が、今日が全てである。明日を考えず今に生きる事が大事なのである。さすれば今日すべき事は自ずと決まって来る。

今日出来る事をする。今日出来ない事、今出来ない事は遣《や》りようもない、当り前の事である。

今日一日の命を、麻雀やパチンコやゴルフに使う人はいないだろう。今日一日の命なのに、土地や車を買いに行く人はいないだろう。

逢っておきたい人がいるだろう。お礼を言いたい人がいるだろう。今日出来る事をして上げたい人がいるだろう。

今日が最期と思えば、人に尽くす事が出来る。人に感謝する事が出来る。貴方の命が輝く。魂が磨かれる。

今日が最期と思えば物に執着しなくなる。物欲が無くなる。その欲のエネルギーが人への欲に転化して注がれる。人への欲が強力なものとなる。人への欲、即ち愛である。愛は奇跡を起こす。色んな奇跡を起こす。

物の欲に邪魔されていた、その人の本当の価値が発掘される。命が光り、輝き始める。その光が、どんどん輝き周りに希望と勇気を与えた時、その人は、貴方は素晴らしい人になっている。次元の高い愛の権化となっている。

或る日の事である。私は九州の宮崎に居た。私の話を聞きたいと四十人の男女が集まっていた。私は一方的に説教っぽく、高い所から喋るのが嫌いなので、いつも通り飲み食いし乍ら、雑談風に会話を交わしていた。色んな意見に同調したり、間違いを正したりし乍ら楽しい時が過ぎてゆく……。

そんな中、一人の中年男性が「私の知り合いに、どうしても助けたい、治って欲しい人が居る。何とかして頂けないでしょうか」と、縋《すが》る様に訴えて来た。

何と、その助けたい人とは踏切で車毎電車に撥ねられ、車はグチャグチャになったが、本人は九死に一生を得たという。

長い入院の後、退院出来たが首や背骨、腰が不自由になった侭だという。医者は「これ以上は良くならない」と匙《さじ》を投げて了ったらしい……

77　反省の強さと愛の深さが奇跡を

電車と喧嘩をして九死に一生を得たSさんは、助かるには助かったが身体が元に戻らず、未だ若いのにトラックを運転する事も荷物を持つ事も出来ない。

仕事復帰は絶望的であるという。これは何としても何とかせねば……。

翌日、Sさんが若い奥さんと友人に連れられ私の元にやって来た。奥さんの胸には一才半になる子供が抱かれている。

雑談が始まった。生い立ちから結婚までの経緯、事故の武勇伝、家族への想いを語るSさん。その口調は、とても好感の持てるものである。真面目で生きる事への真剣さ、誠実味が溢れている。奥さんも仲々の美人で、夫を見る眼が愛情の深さを物語っている。

Sさんは妻の抱いた幼児を優しい目で見乍ら「この子を抱きたい、この子をこの腕に抱きたい。この手は、この腕は全く言う事を聞いて呉れません。肩も動いては呉れないのです」……Sさんも奥さんも友人も、その目に涙を溜めている。

私の救済が始まった。私のその行動は〝お祓《はら》い〟と言って、その時丈私は神主となり、天の使いとして力を授かり、それを発揮する。

怪我も病も本人に起因するものであるから、本人が治さなければならない。だが、その本人の反省度や、囲《まわ》りの人の愛情度が深ければ深い程、強ければ強い程、治る確率も高くなる。治る資格も高くなる。其処に天の手助けが有る。天の恵みが有る。

然し、反省の足りない人、救う価値のない人は、例え無理にお祓いをしても治らない。治る資格が無いのである。お医者さんとは違う。

お医者さんは人を選ばない。善人であろうが悪人であろうが、仕事として施術を行う。天の〃お祓い〃は差別をする。

Sさんは合格した。私の指がSさんの悪い所に触れる。擦《さす》る。Sさんが呻《うめ》く。悪血が浮き出て来る。皮下出血である。悪い血である。相当悪い。

休憩し乍らの一時間……。Sさんは脂汗をかき捲った。呻き捲った。終った。

Sさんの目の前に、奥さんが恐る恐る抱いている子を差し出す。

Sさんの両手がすっと出て子供を受け取った。落ちない。落とさない。子供は確《しっか》り両腕に乗っている。Sさんは子供を正面に持ち直し持ち上げた。「高い高い」と言い乍ら、何度も何度も頭上高く上げたり下げたり……。

皆の愛がSさんとSさんの家族に奇跡をもたらした瞬間である。

たった一回のお祓いであった。

78 癌《がん》は告知すべきか

或る日の事である。私は和歌山県は和歌山市の城下町にいた。嘗《かつ》て私が生れ育った土地である。

其の日は私の著書の愛読者が集まっていた。大部分が中小企業の経営者夫婦である。その仲の良いおしどり夫婦達は、平均四十才。親御さん達も健在で子供も二・三人居る典型的な中流家庭ばかりである。勉強心、向上心の旺盛な働き盛りの夫と、夫を扶け家庭を守る賢夫人の集まりである。時間と共にコミュニケーションは熱気を帯びて来る。人は、此のコミュニケーションの中から成長していく。

此の、月に一回の例会も回を重ねる度に会話の内容が変わっていく。皆の人間性が向上し、魅力が増していくのだ。

そんな中、一組の夫婦丈が何となく暗い。どういう事か。何時も明るい、冗句の好きな夫婦である。あまり皆の会話に乗って来ない。こういう場合は一人一人のスピーチになっても後回しにして上げる。人のスピーチを聞いてる中に、自分の問題や悩み事のヒントになって、見る見る明るくなる事が多々ある。何時の間にか解決するのである。困った時は、人の話に耳を傾ける事である。塞ぎ込んでいても何も解決しない。

だが、そのSさん夫婦は時間が経っても浮かぬ顔をしている。どうもヒントに行き着かないらしい。暗い顔の侭のSさんのスピーチと相成った。

「実は妻が癌なんです。余命半年と言われました」

衝撃が走った。その場の空気が止まった。夫のマイクを持つ手が小刻みに震えている。妻は俯《うつむ》いて息をしていない――やや有って、夫が涙声で語り出す。

Sさんは親や子供を安心して妻に任せていた。それ位甲斐甲斐しい奥さんなのである。仕事も順調で人にも好かれ、付合いの多いSさんは家庭の事は殆ど奥さんに任せ切れたのである。その筈であるが……違った。

愚痴の一つも言わず、何時もニコニコして全ての事を内に仕舞い込み、そのストレスが癌という岩の様な塊となって襲いかかって来たのだ。

多少の体調の悪さも、気の所為と頑張って来た奥さんが、夫と一緒に受けた健康診断で、癌を告知された。

癌告知に於いて、どういう方法を用いるか――医者は考え、悩む。

その侭診断結果を本人に通知する医者は少ない。心情を察するからである。

告知は大抵の場合、先ず配偶者にする。配偶者だってショックである。医者も辛い……。

癌は本人に告知すべきか、せざるべきか。

79 人生は長くても短く、短くても長い

病はすべからく本人に起因する。自業自得なのである。だが全てが、百パーセント本人に原因が有るとは限らない。配偶者にも原因がある。配偶者の所業が酷く、その所為で心労を重ね、重い病に罹る事も多々ある。浮気の場合と同じである。

浮気は絶対に駄目であるが、浮気をするには浮気をする理由がある。

夫婦が互いに深く愛し合い、相方に夢中であれば浮気の理由は存在しない。

浮気をされるのは相方への愛が足りないからである。浮気をされて相方を怒る前に、そうさせたのは自分の所為だと反省しなければならない。浮気は決して良くない。だが相方にも原因が有るのである。病も同じである。

病に罹るのは不幸ではない。病に罹ってはいけないのである。病に罹るのは罪である。

マイナーな考えや言行が血を汚し、自己中心が臓器を腐らす。愛に満ち満ちた家族であれば、その家庭は何時も楽しく、笑いの絶える事が無いであろう。そんな家庭に病は存在しない。存在する理由が無い。

家族の誰かが病に倒れたら、先ず本人が反省し、家族も全員が反省し、その原因を理由を改め、一丸となって治す事に全力を挙げなければならない。

病を不幸と、災難と決めつけて、薬や医者に丸投げで依存してはならない。自分に原因が有るのに丸投げで依存するのは卑怯である。何も解決しない。一旦、回復の兆しが見えても必ず再発する。根本的に治すか、対症療法で一時的に症状を止めるかの違いである。病気は字の如く、原因は気なのである。気を治さなければ病は治らない。医者は対症療法であって、気は治さない。否治せない。

人生は長くても短く、短くても長い。つまらなく生きれば退屈で長く、素的に生きれば充実して短い。だから、その人生を素的に生きなくてはならない。

自分に嘘を吐《つ》いたり、自分から逃げたりと、卑怯な狡《ずる》い人生を送ってはならない。何時も正直に素直に真実を見詰めて生きなければならない。

年令に関係なく真実と対峙《たいじ》して生きて行かねばならない。

癌は告知すべきか……。癌を軽い胃潰瘍と医者も家族も本人に嘘を言い、挙句《あげく》どんどん悪化して、結局医者も匙を投げ、家族も諦め死亡に到るのが殆どである。否、百パーセントである。何も知らず、病と闘う事も出来ずに死んでゆく……知らせない事が、愛だと言うのか！　愚か者めが。

私は嘘を吐いてお祓いはしたくない。間違いなく助からないからだ。

扨、Sさんの場合だが……

80 悪くしたものが自分であれば良くするのも自分である

物事には必ず原因が有って結果が有る。その結果は当然の結果である。

癌になるには癌になる理由が有る。

Sさんは奥さんが癌末期であると医者から聞かされた。頭が真っ白になった。

暫くの沈黙の後、Sさんは「私から妻に言います」と言って医者に頭を下げた。

妻の所に告げに行く中で、

〝原因は私の中にある、私の責任だ〟と何度も言い聞かせた。

振り返って見ると順調な経営の裏に、家庭をないがしろにして来た自分があった。

もっともっと家庭を大事にしていれば、例え癌に罹っても早く気付いてやれた筈だ。良い気になって自分勝手に生きて来た罰だ。医者は手遅れと言っている。医者には頼らない。自分と妻と息子で癌を克服する。絶対に妻を助ける。

Sさんは静かな口調で妻に癌を告げた。

妻は一瞬「えっ」と小さく驚いたが「あ・そう」と静かに呟いた。

Sさんはニッコリして「頑張って治そう」と優しく言う。妻もニッコリ笑って「うん」と頷く。

それから二・三日して、私の会に何となく暗いSさん夫妻の姿があったのである。

涙乍らのSさんのスピーチは反省、反省の山である。そして、やがてスピーチは反省の山を幾つか乗り越え乍ら、妻への感謝、力を合わせて頑張ろうと励ましの言葉に変わって行く。それを受けた妻は泣くのを止め、静かにマイクを持った。

「癌になったのは私の責任です。御免なさい。夫や子供の為に今死ぬ訳にはいきません。絶対に治して見せます。これからは何事も中に仕舞い込まないで、言いたい事は全部言います。良い奥さんになろうと頑張ってたんです。そして癌を作ってたんです。これからは夫にもバンバン文句を言います。思い切り喧嘩もします。息子にも遠慮はしません。今日は帰ったら息子に『癌』だと言います。やっと決心がつきました……」

拍手が起こる。会場の暖かい拍手が鳴り止まない。

その翌日から私のお祓いが始まった。病が重い程、罪も重い。天罰という名のお祓いは想像を絶する痛みを伴う。命懸けでないと我慢は出来ない。治らない。

五回のお祓いでSさんの癌は転移していた所も全て、跡形もなく消えた。

家族が一丸となって、お祓いの力を借りて治した結果である。

不条理ではない、当然の結果なのである。

悪くしたものが自分であれば、良くするのも自分である。

81 仕事は目的ではない、手段である

大きくなったら何に成りたいですか?と、子供達に聞く大人が多い。そうすると医者に成りたいとか、先生に成りたいとか、総理大臣とかの偉い職業を口々に言う子もいれば、大工に成りたいとか、漁師に成りたいとか、料理人とかの職人肌の職業を口々に言う子もいれば、小説家に成りたいとか、俳優に成りたいとか、画家とかの芸術肌の職業を口々に言う子もいる。

何に成りたいかと聞くと答は職業になる。拙《まず》い質問である。職業が人格を作る訳ではない。医者でも先生でも政治家でも悪い奴は一杯いる。職業イコール人格ではない。大工でも漁師でも料理人でも、怠け者は一杯いる。皆、名人という訳ではない。

小説家でも俳優でも画家でも、その才能と人格が必ずしも一致しない芸術家は一杯いるのだ。何になるかが目的ではない。何になるかは手段である。

大きくなったら、どんな人に成りたいですか?と聞いて上げよう。そうすると皆を楽しくして上げられる人にとか、困ってる人を助けられる人にとか、皆に憧れられる人にとか、答が変わって来る。これが目的である。この目的を確《しっか》り持てた子供達は、その目的を達成するにはどうすれば良いかを、真剣に考える事が出来る。思想と意志が確立して行くので

ある。

目的を達成するにはどうすれば良いか、どういう職業に就けば良いか、自分にはどういう才能が有るか、その才能と目的が結びつくか、結びついた才能と目的を実行する事が出来るか、実行は出来てもそれを持続する事が出来るか、有頂天になっても道を外す事なく反省し軌道修正出来るか……

目的と才能が一致しても順風満帆ではない。思わぬ所に落し穴がある、外にも内にも……。

生き方が素晴らしければ素晴らしい程、障害も多い。その障害を一つ一つ取り除き、その難関を一つ一つ乗り越えて、ホンモノの人間へと成長して行く。

人はどんな幼少期を過ごそうが、一生懸命生き、遅かろうが早かろうが一生を共にするパートナーに巡り会い、子を授かり、素晴らしい家族を構築し、幸福な生涯を過ごさなければならない。それが本当の目的である。大事な大事な一番の目的である。仕事が目的ではない、仕事は手段である。仕事が第一目的の人は、その仕事を辞めると路頭に迷い、何をして良いか分からなくなる。その仕事が目的が故に目的が無くなる。やがて家族が離散し家庭が崩壊する。

仕事は家族や友や地域や地球の為にある、皆を幸福にする為に……

82 共稼ぎで失うものは

年々、専業主婦が減っている。昔は婦人が働きに出ると色々障害があった。「夫に甲斐性がないから、みっともなくても働きに出ざるを得ないんだ。可哀そう」とか「何て夫だ、嫁を働かせるなんて」と蔑まれ、職場は職場で男社会だから碌な仕事も与えられない。お茶汲みとか掃除とか、お使いで買物に行かされたりとか、子供でも出来る仕事しか与えられない待遇であった。

所が、今や女性の上司、女性の社長は何処にでもいる、全然珍らしくない。才能次第で男女の差は殆どない社会となった。誠に結構な事である。古き悪しき慣習や制度は撲滅されたのである。亭主関白なんて言葉は死語に近い。女性は強くなった。喜ばしい事である。

夫婦共稼ぎは家庭生活を潤し経済社会の発展にも貢献して来た。

然し、失ったものも大きい事に気付かなければならない。

家族のコミュニケーションである。女性はスーパーマンじゃない。

婦人が働く事に依って家庭経済は楽になるが、妻や母の仕事を大なり小なり犠牲にしなければならない。専業主婦の時の様に隅々まで行き届いた掃除、時間を費けた手の込んだ料理、家族の為の衣服選び等満足には出来ない。勿論、夫は妻に働いて貰っているのだから、多少不満は持っても文句は言わない。言えない。子供も母の大変さが分かるから無理を言わない。我慢する。

そしてその我慢が、やがて大きな問題へと繋がって行く。

家族の触れ合い、コミュニケーションが少なくなると、どうなるか。

皆の考えがバラバラになり、何を考えているのか自分の事以外は分からなくなる。秘密事が多くなる。

一寸した事で腹が立ち、喧嘩となる、そして――

家族の皆がお互いを尊敬出来なくなり、遂には愛せなくなる。

夫が妻が浮気をし、子供は勉強しなくなり不良化する。自棄《やけ》になると、社会の迷惑となる犯罪行為にまで及んで了う。家庭崩壊が待っている。

妻が働く事に依って夫や子供達が感謝し、より深い絆となり、幸福な家庭を築いている人達も決して少なくはない。

だが、金を仕事を大事にするが故に、一番大事なものを忘れて了った人達も決して少なくないのである。どうすれば良いのか……

83 親の欲が家庭を壊す

妻が夫を助けて働きに出るのは決して悪い事ではない。それどころか、とても素晴らしい事である。夫婦で協力し合い、素晴らしい家庭を築いて行く……とても美しい夫婦の姿である。でなければならない。

金の力は大きい。金は人を幸福にもするが不幸にもする。

だが、金が意志を持っている訳ではない。金が善意だったり悪意だったりする訳でもない。

金は金、唯の金なのである。綺麗な金も汚ない金もない、唯の金である。

されど金、なれど金。有難くもあり厄介でもある。

金は人の心を写し出す。金は人の本性を映し出す。

金が人を操るのではない。人の心が金を操り、善と悪に岐れるのである。

妻が夫を助けて働くのは当り前の事である。初めは生活も楽になり、家族の笑顔も増える。妻は嬉しくなり仕事を増やす。そして、もっと良い暮しがしたくなる。もっともっと仕事の量がエスカレートして行く。そして、何時の間にか金に操られているのである。否、自分の欲に操られコントロールが出来なくなって行くのだ。そして有頂天になり鼻持ちならない人間と化して了う。

夫より収入が多くなると悲劇が忍び寄る。夫が馬鹿に見え、態度が横柄になる。飾り物が増え、外出が多くなる。夫は夫でひがみっぽくなり、夫婦仲は険悪になる。

子供は夫婦の姿を見て、ガッカリする。心が荒み、やがて非行へと走る。金の為せる技である。

すべからく、家庭は平和でなければならない。家族は和やかでなければならない。家庭に平和がなくなると、妻が夫を殺す。夫が妻を殺す。親が子を殺し、子が親を殺す。掛替えのない、世界にたった一つしかない家族の殺し合い……。家族を殺せない子は路上に出て、誰でも良い、無差別に人を殺す。殺したくて殺す。全ては、全ての原因は親にある。両親にある。

子供の非行や苛めは学校の責任と、学校側を世間やその親が攻める。とんでもない間違いである。勘違いである。

どんな悩みがあっても、それを聞いて呉れる両親が居れば全て解決出来る。

子供に対する両親の想いが、愛が深ければ深い程、その悩みは一日にして解決する。それには、親の欲、物欲を減らさなければならない。

その欲を子供に向けなければならない。

84 幸福の原理とは……

本当の幸福とは裕福になる事ではない。本当の幸福とは人に勝つ事ではない。本当の幸福とは人より優秀である事ではない。

貧乏が不幸なのではない。人に負ける事が不幸なのではない。人より劣っている事が不幸なのではない。本当の幸福は貧富や優劣や勝敗のような、次元の低い、一喜一憂の中には無い。

本当の幸福は自己を捨てた他愛の中に在る。

人の喜びを我が喜びとし、人の悲しみを我が悲しみとし、親身になって慰める。人の怒りを我が怒りとし、優しく労《いたわ》り鎮《しず》めて上げる。人の楽しみは一緒になって共有する。縁有って関った人と、励まし叱り慰め合い乍ら愛を深め、お互いに成長して行かなければならない。

安易で軽率な結婚は、我儘で身勝手な離婚に終る。祝福して呉れた沢山の人をガッカリさせる。子供が不幸になる。その子供の前途に多大な影を落とす。

離婚は犯罪である。離婚は世の中を悪くする。離婚は社会を低下させる。大罪である。

人は愛される為に生きるのではない。人は人を愛する為に、愛する故に生きるのである。

その原点が理解出来れば離婚は有り得ない。その原点を実行出来れば、離婚という言葉は永遠に死語となる。

自分を愛し自分を喜ぶ心と、人を愛し人を喜ぶ心とでは、同じ人間なのに大きく大きく違う。月とスッポン、雲泥の差、否、もっともっと差がある。

自分への愛は、やがて人から嫌われ友を失くす。

人への愛は、やがて人から慕われ感謝され、友がどんどん増える。

この原理が分かっても、未だ自己愛に走る人は、自己中心から離れられない人は救いたくても救いようがない。

この原理を理解しようともせぬ人は、世の害となり毒となり、やがて地獄の底を這いずり回り、阿鼻叫喚の中で一生を終える。自業自得である。

本当の幸福を知った時、本当の愛を知った時、自ずと今何をすべきかが判明する。その悟りを開いた瞬間から貴方に黄金の道が拓ける。幸福の道を突き進むのである。くれぐれも御他愛を、である。

85 ホンモノの命の輝き

人を幸福にするには具体的にどうすれば良いか。

それは簡単な事である。簡単な事ではあるが、人の為に何もした事のない人には仲々思い付けない事である。人の為に人の為にと考える習慣が無い人には、何が人の為かも分からない。分からなければ遣り様もない。悲しい事である。人の役に立つ事も出来ないのである。人間失格である。

人を幸福にするには、何時も人の事を考えていなければならない。何時も自分の事を考えている人には理解出来ない習慣である。

何時も人の事を考えていれば自ずと何をすべきかが分かる。何時も人の事を想っていれば、自ずと自然に行動が生まれる。その習慣が練れてくれば一々考えなくても、一々想わなくても自然に体が動く。人の為に行動する人間になっているのだ。何時も人を愛してる故に出来る行動である。愛のベテランである。

何時も自分の事しか考えて来なかった人は、今からでも遅くはない。今直ぐ始めよう。

人の為人の為と言う許りで何もせず、結局は自分の為にしか行動出来ない人はニセモノである。

ニンベン（イ）にタメ（為）と書いてニセと言う。イツワリ（偽）と言う。自分の為に生きるのがニセの生き方で人の為に生きるのがホンモノの生き方なのである。

だから、山に登って綺麗な清い空気を吸って、風や花に語りかけ、滝に打たれ、一生懸命お経を唱えて修業をしても、それは自分を高め、自分を磨く事には繋がらない。誰の為にも何の役にも立たない、一人よがりの孤立である。そして勝手に達観したと、悟りを開いたと勘違いして、世の毒にも薬にもならず、今生を終えるのである。

人の為を考え、想い、行動してる人は、その夫々の仕事を通じて、その夫々の触れ合いを通して、その愛を深め広めて行く。

人は人の為に働いてこそ磨かれる。それ以外に磨かれる方法も道も無い。

その姿は明るく、その言葉は人を勇気づけ、その行動は人の魂を打つ。

そんな人と出逢ったらチャンスである。チャンスを逃がしてはならぬ。

そんな人に出逢ったら、素直に受け容れて自分もそんな人にならねばならぬ。

素直であれば、もう直ぐそんな人に出会う事が出来る。素直さが、そんな人を引き寄せるのである。素直でなければ出会っていても気付かない。

その人は輝いている。その光りは、ホンモノの命の輝きなのである。

□暖心・そして清心

86　戦・争・愚・言・無・恥・値

【戦】

我が子を負うて死体の山を踏ん付け乍ら逃げ回った若き母親……。爆音機が急降下し砲射音が聞こえ、横の婦人が倒れる。通り過ぎる殺人機の中にパイロットの笑顔を見た。ゲームを娯しむかの様な。踏ん付けられた死体と踏ん付けた者の違いは何なのか……。母と子は戦後を長く生きている。母と子の災害は終っていない。

【争】

収入が減ると、苦しい。家が失くなると悲しい。友がいなくなると淋しい。恋人が去ると哀しい。無理に取り戻そうとすると喧嘩になる。初めから無ければ何て事はない。初めから無いのです。そうそう、生まれた時も死ぬ時も身一つです。皆、一緒です。

【愚】

三日前の夕食の献立を即座に思い出せるでしょうか。三日後の出来事を予測出来るでしょうか。明日生きていると言い切れるでしょうか。皆、大した事ありません。今を楽しく、一生懸命生きて疲れたら、ゆっくり——安心して、眠りましょう。扨、明日は今日ですが。

【言】

マラソンで四十二、一九五キロを完走する人に、「凄いですね」と言います。十人の子供を産み、懸命に育てる母親に、「大変ですね」と言います。
御本人達が一様に仰言《おっしゃ》います。「好きで生甲斐を持ってやってます。大変だったら続きませんよ」然り、「大変ですね」は、自分で毛頭やる気の無い人が使う言葉なんよ。

【無】人の災害や障害を我が事と思えるでしょうか。人の子を我が子と思えるでしょうか。一寸提案。人の事を好きになればどうでしょうか。ホンの一寸自分より。人の事に夢中になったら如何でしょう。漸々《だんだん》自分が小さくなって、その中、無くなるかも。かなり素的ですがね。

【恥】背の高い人ばかりでは高いとは言えません。お金持ばかりでは金持とは言えません。御馳走ばかりでは御馳走とは言えません。もっと高い人にはどう自慢するのでしょう。恥かしや。

【値】「私はね、こうこう、こういう人なの」と、言う人がいる。「私の信念は○○○だ」と、言う人がいる。「私は○年○月迄にこうする、ああする、ああ成る!」私、私、私と人の迷惑顧みず自己主張。それがどうしたオッサン!それがどうしたオバサン!出来てない、出来ない事をさも出来そうに言うんじゃない!
私、私という言葉を殊更に使うのは止めましょう。
人の値打は自分で決めるものではありませんがね。

87 奇異なる人生

人は夫夫色んな人生を送る。愛情に包まれた、豊かな家庭に生まれた子はスクスクと育ち、その幸福を人に分かち、その優しさで人を幸福にする。皆、そういう人生を辿《たど》れば良いのだが……。

奇異な生まれをしたる者は奇異なる人生を辿る。

飲む打つ買うの極道親父は十一才の少女を奉公に出す。親父の借金はどんどん増え、一家五人の生活と借金の為に、十五才になった娘は芸妓となり、景気の良い満州に渡った。芸妓は売れっ子となり稼ぎに稼ぐが、極道が追い掛けて来て、先から先へと借りて行く。

第二次大戦、勃発《ぼっぱつ》。料亭は偉い軍人さんで賑わった。花形芸妓は貴公子に見染められ、身籠もる。戦局悪化は満州の一般人には届かなかったが、料亭に来る軍人さんのヒソヒソ話で知った。敗戦は必至だ！と。

貴公子の友人が腹の大きい芸妓を危険の迫る前に、日本に逃がした。この配慮がなかったら、その子は今、生きていても日本の言葉は語っていないだろう。

貴公子は敗戦間際に参戦して来たソ連軍に捕まり、シベリアに投獄され、遂に日本の土を踏む事なく、獄死した。毒殺であった。

芸者の子は私生児となり、敗戦の焦土の中、スクスクと明るく、いじけ乍ら育って行った。

少年は殆ど学校に行かなかったが、何故か高校まで卒業出来た。学校には行かなかったが、孤児院や少年院には行った。其処の子達が好きだった。アルバイトをしては、お菓子や文具を買って持って行った。皆、喜んで呉れた。兄弟の様に仲良くして呉れた。凸凹道を見つけると、砂を運んで来て埋めた。大きな穴を見つけると、杭を打って囲いを作った。壊れそうな塀を見つけると、縄を張った。楽器を覚えると、工場に行って若い就労者達に聴かせた。

ある夜、孤児院の子達が集団で私の部屋に駆け込んで来た。毎週遊びに行ってた少年が三週間も来ないので、逢いたくて逃げ出して来たのだ。

翌朝、皆を孤児院に送って行った時、園長室に呼ばれた。

「中途半端な親切なら止めて下さい。あの子達は人に飢えているのです。下手な同情はあの子達を不幸にします。もう来ないで下さい」私は反省し深々と頭を下げた。

貧しい少年は大学を断念し、一念発起、東京に上る。あらゆるアルバイトをし乍ら演劇の道に入り、二十三才で結婚。以後独立。夫婦でプロダクションを切り盛りし乍ら、役者、脚本、演出と手掛け順風の時代を送っていたが——

88 中途半端なボランティアは……

或る日、夢枕に沢山の像が現われ、次から次と眉間を突き抜けた。十六年出来なかった子供を授かる。医学的には子供を産めない妻であった。天啓を享けたらしい。以後、正業を人に任せ救済活動に走る。

初めは病。指で擦る丈で奇跡が次から次と実現。その謎を追求する中、ファンも増え「コミュニティクラブ自然会」が誕生した。

そんな中、小学二年に成った息子がTVを見ていて泣き出した。画面は灰の降る中、ヘルメットを被り、マスクをして仮設校舎に向かう小学生を映し出していた。

噴煙上げる山を凝っと見つめる児童を、茶の間で眼を真赤にし乍ら見つめる子。その子は「僕の貯金を全部持って行く」と言う。その親も会員を引き連れ、息子と共に山に向かった。これは、その後に日本列島に次々と起こる、大災害の幕開けであった。

××××　　　××××

長崎は島原、雲仙普賢岳。現地はTVの画面で見た印象より遥かに酷い、筆舌では尽くし難い惨状である。我々は立入禁止の、間断なく溢れる火砕流を横に見乍ら山を登って行った。この被害を肌で感じる為に登った。そして、その被災の中心地を目の当たりにした時、その怖ろしさに我々は茫然と立ち尽くして了った……。後にお叱りを戴いたのは当然の事である。此の日から自然会の雲仙島原復興支援が始まった。十年に及ぶ、長い長い活動のスタートであった。

××××　　　　××××

島原の傷みと苦しみは、男とその仲間のものとなった。

今、何をすべきか――試行錯誤の中、連日被災者の分宿先を訪ね、励まし、慰安会を催し、時は過ぎて行った。ホテルでの親子クリスマス会は年々参加者が増え、男と仲間の財産は減り続けて行った。普賢は一向に鳴り止まない。

ホンの一週間、長くても一ヵ月の積りで行った島原。現地に立った男は愕然とした。そんなものでは済まない、済む訳がない。せめて火砕流が止んで、被災者達が自分の土地に戻れる迄、否、戻ってからも後、被災前の状態に復活する迄、援助しなければ助けに来た事にはならない。中途半端なボランティアならしない方が良い、決して被災者の為にはならない。

男は少年時代に叱られた孤児院の園長さんの顔を思い出していた。「もう来ないで下さい」と言われた厳しい言葉を思い出していた……

89 普賢は鳴り止まない

普賢の火砕流は何時止むのか……。地質学者や地震学者が幾ら調査や研究を重ねても、その終息を予測する事が出来ない。被災者が自分の土地や家に帰れるのは一体何時の日か……。仮設住宅に犇き合って暮らす家族の絶望に近い不安が、来る日も来る日も来る年も来る年も続く。

××××　××××

本腰の入った男とその仲間は、町の外れにビルを借り「復興ビル」と名付け、復興の為の「コミュニティサロン」とした。一階がサロン、二階が研修室、三階が宿泊も出来る休憩室。

このビルは二十四時間営業で、復興に関する会合、慰安、研修は全て無料、経費は自然会持ち。常駐のスタッフを置き、復興ビルは日夜雲仙、島原の人達の為に、その終息の日迄働き続けたのである。

被災前まで大きな家に住んでいた人達は、狭い部屋で肌を寄せ合って生きていく中で、その影響が二つに別れて行った。

今迄コミュニケーションの少なかった家庭は話す事が多くなり、家族間の誤解が解け、お互いの良さを発見し、愛が深まり絆を強めていった。

逆に、お互いの厭な所が噴出し、顔も見たくなくなり、口も利かなくなった家族も多くなっていった。部屋が狭く逃げ込む場所もない。このまま行けば家族分裂、家庭の崩壊は目の前である。壊れた家庭、荒んだ心の復興は、橋や道路や家屋の復興とは比べ様もない程難しい。

××××　　　　　××××

男とその仲間は被災者の仮設住宅を訪ね、家族、家族の一人一人の中に深く深く入り込んでいった。他人事ではない、我が事として入り込んでいった。

然し、被災者はその奉仕を始めから素直に受け容れた訳ではなかった。此の連中には何か目的がある。魂胆がある。只の優しさでこんな事が出来る訳がない。魂胆がある筈だ。宗教か？右翼？何かを売り付ける気か？

自分ならこんな事はしない。否、出来ないと思う人は、他人もそうだと思い疑念を抱くものである。だが、それも無理からぬ事である。現に被災者を食いものにしようとする輩が現われては消えて行ったのである。見返りを求めない、ホンモノの奉仕に落胆はない。めげる事がない。いつしか、疑り深い人達も次第に心を開き、何でも相談して呉れる様になって行った。普賢は鳴り止まない……

90　人の災いは自分の災いである

猛威を奮った普賢岳噴火は麓の町や村を呑み込み、その火砕流は有明海に迄達した。農業は疎《おろ》か漁業、観光業と多大な被害を蒙《こうむ》った雲仙・島原地方は廃墟の態《てい》を様していた。人々の心は荒み絶望感に苛まれていたが、何時迄もクヨクヨしても仕方がない。何か出来る事から、皆で手を組んで復興に向けて頑張ろうという人達が復興ビルに集まり始めた。復興ビルの屋上には「手をつなごう、愛ある故に人は輝く」と大きく書かれた看板が掲げられている。その看板に吸い寄せられる様に人が集まり、連日の様に復興実現の為の策が練られ、実行されて行ったのである。（詳しくは拙著「ホント八百」に記述）

×××× ××××

普賢岳噴火に依る火砕流は、地震学者の測定結果に依り完全終息宣言が出された。丸五年の月日が流れていた。やっと自分の土地に帰れた人達は家屋の修復や家業の立て直しと、復興の道を目覚しい勢いで遂げて行った。人々の目は輝き生き生きとしている。

人は死ぬ思いをして、生きる喜びを知る。死にたいと思って、生きたいと思う。生き延びて生の尊さを知る。

災い転じて福と為す。災いを享けて、始めて人の情を知る。人の有難さを知る。見ず知らずの人達が励ましの手紙や寄付を送って呉れた事を、決して忘れてはならない。人の災いは自分の災いである。他人事ではない、我が事として人を助けねばならない。そうすれば、そうする事が我が魂の磨きとなり、大きな大きな広い広い人間に成長して行くのである。

暖かい心、そして清き心が地域を救う。その愛が大きくなって――やがて、地球を救う。

××××　　××××

雲仙普賢岳噴火に依る被災は、島原市長の「完全復興宣言」に依って幕を閉じた。実に、男の予想通り、丸十年を経ての復興であった。

道路や橋や建物は修復され、美しい水や緑に恵まれた、風光明媚な、ふる里が復活した。観光客も戻り、人も町も活気に溢れ、前にも増して素晴らしい国と成ったのである。

復興宣言の翌日、男とその仲間達は普賢を去った。十年の想い出と共に、島原地方から消えた。

91　今在る故に……

人は人を愛する為に生まれて来た。人を憎み騙す為に生まれて来たのではない。人は人を愛する事に依って喜びを知り、感動を覚える。人を憎み騙す事に依って悲しみを知り、絶望を覚える。善き事の後に幸福があり、悪き事の後に不幸がある。

物事には始めがあり、終りがある。出会いにも始めがあり、必ず終りが来る。〝始め〟そのものが〝終り〟であるかも知れない。たった一度の出会い……又会いたい、又会えるだろうと思っていて、遂に会えず終いになる事もある。だから一期一会、その時を、その人を大切にしなければならない。一度丈、もう二度と会う機会が無いと思えば、その時をその人を大事に出来る。素晴らしい時を過ごす事が出来る。それが、又会えた時の喜びはどうだろう。飛び上がらん許りに嬉しくなる。お互いの無事を喜び合える。又、楽しい時を過ごす事が出来る。そして会う度、会う度前より増して愛が深まる。そういう友でなければならない。そういう友にならなければならない。

人は、今在る事に喜びを覚えなければならない。今在る事に感謝しなければならない。詰まらなそうな人に出会ったら、今在る事の楽しさを教えて上げよう。悲しそうな人に出会ったら、今在る事の喜びを教えて上げよう。

怒ってそうな人に出会ったら、今在る事の有難さを教えて上げよう。

人は人と出会い、愛し合う事に依って磨かれ、成長して行く。

暖かき心、清き心を以て接すれば、どんな人とでも仲良くなる事が出来る。貴方を騙そうとした人も、何時のまにか心を改める様になる。暖心、清心を持った人は騙せない。暖心清心の人に会うと、自分が恥ずかしくなり、改心へと向かうのである。騙される人は、自分の中に汚いものがあるからである。自我欲が強いからである。

騙す輩は、その自我欲に付け込んで来る。騙された事を怒ってはならない。騙された自分が悪いのである。

善き事は全て人のお陰、悪き事は全て自分の所為、と思えば腹の立つ事は無くなる。今在る事に感謝出来たら、今何をすべきかが分かって来るだろう。自分の為に費す時間が勿体なくなるだろう。何か、人に会って、何かをその人にしたくなるだろう。又、その人と共に何か、世の為に働きたくなるだろう。

今在る事に喜びを感じ、感謝の心が湧いて来たら、放って置いても貴方は動いている。

今在る故に……

92　真実の扉を開けると

ホンモノや真実を求めたがる人がいるが、それはホンモノや真実に会った事が無いからである。真実の人は殊更に真実を求めない。当り前である。真実なのだから。

ニセモノが真実を、ホンモノを追求するのである。そういう輩はホンモノを見てもホンモノとは気付かない。それ所か、疑う余地もなく自信を以てニセモノと決め付ける。見事なニセモノである。そういう人は一生ホンモノに巡り合えない。又、巡り合えない方が幸福なのかも知れない。もしホンモノに出合ったら、真実の扉を開けたら、不幸に陥る。ショックで絶望に陥る。知らぬが仏である。然し、その侭今生を終われば、来世もホンモノに成るチャンスを逃がし、今生と同じ低次元を彷徨わなければならない。

厄介なのは違いが解らない事である。何故ニセモノに騙されるのか……。ニセモノであればある程、ホンモノと思い込んで了う。ホンモノの馬鹿である。

馬鹿と阿呆は違う。この違いから勉強しよう。

よく詐欺に遭う人は馬鹿であり、詐欺師の格好のカモである。その人の内なる欲を見抜き、美味しい話をエサに根こそぎ〝財産〟を吸い取って了う。吸血鬼の的は馬鹿である。

馬鹿と阿呆は違う。阿呆は欲がない。財産もない。そんな阿呆を相手にする詐欺師はいない。ホンモノがどんなモノか……。どうしても知りたければ教えて上げましょう。体型をご覧なさい。ホンモノに肥満はいません。必要以上の食欲がないからです。太鼓腹や三段腹はニセモノです。

服装をご覧なさい。ホンモノは質素です。貧相では有りません。清潔感漂う、必要以上の飾りは有りません。チャラチャラ、キラキラした物を身に付けて、これ見よがしに歩いているのはニセモノです。

ホンモノは本当の事を言います。お世辞は言いません。嫌われるのを怖れず、ボンボンと本当の事を言って上げるのがホンモノです。

ホンモノに淫乱《いんらん》はいません。色を好みません。ホンモノに男女の区別は有りません。動物的性欲は非常に少ないのです。こよなく人を愛する欲に肉体的な欲望や行動は不要なのです。

ホンモノの欲は人間愛なのです。

未だ未だ続くが此処迄でホンモノには成り度くなくなったでしょう。そうじゃない人は、続きも読んで頂きましょう……

93 ホンモノに競争は無い

人は欲の無い人間の事を阿呆と言う。ならば、阿呆はホンモノである。ホンモノ中のホンモノの人間である。

ホンモノには競争心が有りません。全く無いのです。人に勝って一喜、負けて一憂。ホンモノに一喜一憂という言葉は有りません。負けた人は惨めになり、口惜し涙を流します。人の犠牲の上に立つ幸福をホンモノは嫌います。勝っても負けても嫌います。

利害の無い草野球は勝っても負けても娯しいものです。それが、プロ野球となると、どうだろう。チームには各地方のチーム名が有ります。地元の人達の多くが、そのチームを熱烈に応援します。然し、そのチームの選手に地元の人は殆どいません。地元の、地元から選出された選手は皆無に近い。そんな寄せ集めのチームに、地元の人は熱心に応援するのです。中味はどうでも良い、地元のユニホームが勝てば良いのです。

選手はどうでしょう。彼等は商売でやっているのです。庶民の給料の何十倍も何百倍も貰って、必死で懸命に仕事をしているのです。チームの勝敗より個人個人の成績が全てなのです。成績が上がれば、その分給料が上がり、下がればその分下がる。下がりっ放しだと容赦《ようしゃ》なく解雇される。スポーツというより、死活問題の仕事なのです。そんな試合を楽しんで観、一喜一憂しているファンの人達……。選手に、チームに、自分の人生を反映させて応援しているファンの人達……。身体の為に、楽しいからと伸び伸び遊んでやっている草野球と、プロ野球とは無縁に近い程、違うスポーツなのです。

自分を厚遇で迎えて呉れる所なら何処でも良い。コロコロとユニホームを着替える選手達に、そのチームの地元愛等不要である。そういう人達を地元のファンは応援しているのです。御一考の値打有り。

オリンピックはスポーツの祭典と言うが、中味は必死です。優勝して帰国すれば国を挙げて迎えて呉れるが、惨敗して帰れば見向きもされない。参加する事に意義が有る、という言葉は死語なのか。

オリンピックはオリンピックという名の、国と国との戦いである。幾つメダルを取って帰るかを競う、国と国との闘いである。勝つ為には、メダルを取る為には手段も選ばない選手も出て来る。

人間という動物は本来、闘い度くて仕様のない、厄介な動物である。その闘争本能を、そのエネルギーを「愛」に転換したら、世の中から戦いが無くなる。競争が無くなる。それがホンモノなのである。一人一人がホンモノに成って行かねばならない。平和は……遠い。

94 父、母は素晴らしい存在である

物事には必ず始めが有り、終りが有る。命にも必ず始めが有り、終りが有る。その始めから終り迄を、人生と言う。その人生に同じものは無い。良く似ていても、決して同じものでは無い。

同じ表現をしても深さが違う、感性が違う、味が違う。だから、人は面白い。だから人生は面白い。

人生が短い人も長い人も、人生は人生。望もうが望むまいが、生まれて来た限り死がやって来る。人は死ぬ為に生まれて来たのである。短かろうが長かろうが、その人生を大切に生きねばならない。

人の値打は、その人生を何う生きたかで決まる。その結果は死に様に証明される。良き死に様は、悪き死に様は、良き生き方と悪しき生き方の結果である。人は皆、良き死に様で終らなければならない。気付けば、反省すれば、遅過ぎるという事は無い。

人は皆、父と母を選び、其処に宿り、やがて今世に誕生する。その子にとって、その父と母でなければならぬ理由を持って此の世に産声を発す。良き親であれ悪き親であれ、その親で勉強する為に生まれて来るのだ。

「何故、こんな非道い親の元に生まれて来なければならないんだ」「生まれて来るんじゃなかった」「いっそ死んで了い度い」「何故こんな目に遭わなければならないのだ」「殺してやり度い」と、怒り嘆いてはならない。その親でなければならない事に気付かねばならない。

宿題をやらなかったら、その分学業が遅れ、後に苦労する事になる。前生で学業（人生）を疎《おろそ》かにした人は、その分、今生で苦労するのは当り前の事である。その子の父母は、自分の前生の姿である、と思えば怒りは消える。怒るなら自分を怒るしかないからである。

父母は自分の前世であり、反面教師でもある。気付かせて呉れる、素晴らしい存在なのである。感謝しなければならない。

「何て素的な親なんだろう。こんな親の元に生まれて、何て幸福なんだろう！」…その親はその子の前生の姿である。きちんと宿題をやって、御褒美を貰って今世に誕生して来たのである。当然の事である。

良きも悪しきも当然の事である。何れも感謝しなければならない。感謝しなければ良きも悪しきも、やがて、その人生は宿題を忘れ、苦労する事になる。

「生まれて来た丈で、産んで呉れた丈で大儲け」と言える人が沢山居る。その通り、どんな条件であれ、生まれて来ない限り、勉強する事も出来ない。

その子は、やがて親の元から飛び立ち……やがて、一生の伴侶と出合う。

95 第二の人生、伴侶と共に……

親の元から飛び立ったその子は、やがて第二の人生を共に歩む、一生の伴侶と出逢う。良き親にスクスクと育てられたその子は、親に見倣《みなら》い素的な家庭を築く。

悪き親の元で育ったその子は、親を反面教師として、その轍《てつ》を踏まず、素晴らしい家庭を築こうと努力し、それを完成させる。

独身主義者が結構居る。人間失格者である。人は何の為に生まれて来たのか、という一番大事な事を無視するのは、生きている事そのものを無視しているのと同じである。世の中を、人を信じない、自己中心の孤立人間である。生きていても何の役にも立たない、寧ろ、害である。害人である。

人は遅かれ早かれ、第二の人生を共に歩む伴侶に巡り合い、愛を育む義務と幸福になる権利を以て生きて行かねばならない。それを怠る者は小学校で終わる。中学校も高校も大学も大学院も無縁で終わる。

人生の学校、人間修業に終りは無い。どんどん勉強して、どんどん素的にならなければならない。素的になって出会う人の、地域の、世界の為に働き、活躍しなければならない。

一生の伴侶に出逢ったら、互いに別の環境に育ったのだから、食い違う所は大いに議論し、思いっ切り喧嘩をし、一生懸命貶し合い、命懸けで、共に生きて行かねばならない。手を抜いてはならない。妥協してはならない。離婚に繋がる。

愛していれば、愛が深ければ、無理なく、思いっ切り喧嘩が出来る。喧嘩する程仲が良いって言うが、正しくその通り、愛がどんどん深まって行くのである。

愛が深まれば深まる程、お互いの業が削れ、誤解が融け、尊敬の念が湧いて来る。お互いを尊重する様になって来る。そして、何時の間にか喧嘩もなくなっている。一生添い遂げる、素晴らしい夫婦に成っているのだ。

決して離婚をしてはならない。お互いの我が強いから離婚する。浮気をしたり、信頼を裏切る行為をすれば、離婚に繋がるのは当り前である。絶対に伴侶を裏切ってはならない。然し、裏切り行為をさせた伴侶にも半分責任がある。裏切らせた罪がある。

離婚して了ったものは仕方がない。お互いに深く反省して、次に出会う伴侶を大事に、大事にしなければならない。深く反省して自我を少なくする事に努めれば、二度目の失敗はない。二度も失敗する奴は、正に真に人間失格である。

人間は伴侶に巡り合い、愛を育み、愛を深め、やがて……目の中に入れても痛くない、宝の子を授かる。

96 求めなく、与える事の人生——黄金に輝く

若くして、宝の子を授かった父・母は、人間として未だ未だ未熟な中に子育てが始まる。ああでもない、こうでもないと迷ったり、戸惑ったりし乍ら、その経験の中から色んな事を学び、その子も、父母も共に成長して行く。家庭の教育とは、共に育つ事である。共育である。

父・母は子供に軽蔑される様な生き方をしてはならない。其処に育った子は、父母を尊敬し、父母に憧れ、父母に追いつき、追い越せる人間にならなければならない。我が子が立派になる為には、父・母自らが立派である事が絶対の条件である。自分達が良い見本手本になれずに、子供に立派になれという身勝手な親が多い。だが、それでも、そんな悪条件でも立派になる子もいる。困難と悪条件を乗り越え、それをバネにして、克服して立派に成長する人もいる。鳶が鷹を生んだ例えにもある。

親が子供に軽蔑され、軽視されるという事は、親失格を意味する。人間失格を意味する。子供に尊敬されない親は、子供に愛されない親は親ではない、親とは呼べない。大きな態度で親面をしてはならない。恥じて、反省して、人間として魅力のある生き方をする様、努力しなければならない。さすれば、子供の不信感は去り、愛される親に成れるだろう。

そうならなければ生きている意味も無い。

親の深い愛に包まれ、スクスクと育った子は、暖かい心と清い心に溢れている。人を思い遣る心と、人への感謝の心、人を愛する気持が全身に溢れ、その全てを自然に、無理なく駆使する事が出来る。親の手柄である。本人の手柄である。それ以上の成功はない。天晴である。

人は俗っぽい競争心や名誉欲を少なくしなければならない。捨てなければならない。人は食欲、性欲、物欲を少なくしなければならない。必要以上のモノを求めると不幸に陥る。病が待っている。憎悪が待っている。破局が、地獄が待っている。

求めなければ落胆はない。病もない、憎悪もない、破局も地獄も無縁である。

求めなければ何時も平穏でいられる。焦燥感に苛まれる事も絶望する事もない。

求めなければ、与える事が出来る。与える事しか残らない。与える事しかなければ、結果は喜びしかない。喜びに満ち溢れた毎日を送る事が出来る。

求めなく与える事の出来る人生。それは人間の最高の目的、究極の幸福、本当の、ホンモノの生きる道である。

その人生は、黄金に輝く——ホンモノの王道である。

巻末　人生……やがて

97 病院に行くな

人は皆生まれ——やがて死す。その人生を大切にしなければならない。その人生を快適に過ごさなければならない。

誰しも幸福になりたいと思っている。誰も不幸になりたいとは思わない。幸福も不幸も我が内に有る。幸福も不幸も何処かから舞い込んで来る訳ではない。

全て自分自身である事の真実を、今迄読んで来た貴方は気付き、理解して呉れたと思う。理解出来なければ、何度も何度も声を出して読んで頂き度い。

何度も何度も読めば読む程、理解が深まり、それは実行へと繋がる。実行出来ない理解は理解ではない。頭の中で知識として存在する丈である。

何度も何度も読む中に、それは頭から離れ、魂の中に浸透して行く。それは魂を磨き、自ずと実行へと繋がるのである。愛という大きな武器となって人を助けるのである。

人の魂を磨くには、先ず己れの魂を磨かなければならない。理屈では人を説得出来ない、理屈では人は感動しない。

自分が感動しないものは、人が感動する訳がない。自分が情熱を持たないものは、人を冷めさせる丈である。

人は大切な人生を監獄で過ごしてはならない。その大切な日々を病院で過ごしてはならない。

人は間違って監獄に入って了ったら、間違って病院に入って了ったら、大いに反省し、反省の日々を懸命に送り、一日も早く社会に復帰しなければならない。

そして、残りの日々を、残りの人生を大いに感謝し乍ら、実りある充実した人生にしなければならない。二度と刑務所に入るな、二度と病院に入院するな。

病院へ行くのは検査丈で良い。定期的に検査をしていれば、どんな病も初期の中に、軽い中に発見出来る。そして、入院しなくても、反省して生活習慣や態度を改善する事に依って自分で治す事が出来る。自分が患者で、自分が医者なのである。

故に、病院へ検査に行っても、病院に入院するな。

病院へ行っても、病院に行くな！

反省と感謝が有れば、全ての事は改善出来る。

この二つさえ有れば、沢山の本も宗教も要らないのである。

98 真の平和を齎《もたら》す原点は……

人は皆、此の世に修業をする為に生まれて来る。完璧な人間なんて存在しない。人は皆、愚かが故に今生に修業に来ているのである。今世に居る人間は皆、五十歩百歩である。

人は皆、何処かで戦っている。国と国との戦いがなければ、国内同志で戦っている。国内同志で戦わなければ家族同志で戦っている。夫が妻を妻が夫を、親が子を子が親を殺し合う。

家族同志が戦わなければ、己同志が戦っている。己の中に敵がいて、負けたら己に殺される。自殺である。此の自殺が最悪の戦争である。絶対に殺してはならないのは己自身である。最大の罪である。

天は此の世で修業させる為に生を与える。その大事な生を自ら絶つ事は絶対に許されない。

自殺する者の来世は、罰として惨めな状態から出発する。自ら死ぬ事の出来ない、不具の状態から出発するのである。

目が見える事や、耳が聴こえる事、喋れる事や歩ける事に感謝を忘れ、自らの命を絶つ恩知らずは、その素晴らしさの有難味を身を以て知る為に罰を受ける。自分の身体が自由に機能しない状態で生まれ、死ぬ事も出来ず、その寿命を全うしなければならない。
人は人を決して傷つけてはならない
人は己を決して傷つけてはならない
人間という動物は何うしても競い戦いたがる、困った動物である。戦争の無い時代は嘗て一度もない。地球の何処かで、何処かと何処かが必ず戦っている。
自分の国に害はないのに、他の国にわざわざ戦いに行く国もある。物理欲の為せる業である。征服欲の為せる業である。
天が、神が平和を齎す事は絶対にない。救世主は人間誕生以来、どの時代にも、どの場所にも現れた事もなく、今後も現れない。救世主が世を平定するというのは、それを熱望する人達の幻覚である。
天は自然の摂理であって、人間社会を支配するものではない。真の平和を齎す原点は、個である。個人個人が、先ず己の欲を削り、捨て、人への愛を育む事から始めねばならない。その育まれた個と個が手を組み、その輪を広げて行けば、やがてその輪は、大きな愛の炎となって地球を包み込む――長い長い道程を確実に一歩一歩進む事に依って、地球という星が愛の楽園となる。

99 悲しみの瞳

悲しみの瞳を向けられた時
心配を掛けたのかな　と思い
御免なさい　と言いたくなる

射すような瞳を向けられた時
叱られるな　と思い
何故か　嬉しくなる

涼しい瞳を向けられた時
見透かされてるな　と思い
気に入られよう　と焦る

微笑みの瞳を向けられた時
愛されてるな　と思い

涙が　溢れて来る

その人は何時も　白
その人は何時も　鏡

怠けていると　汚い心でいると
その人は悲しみの瞳を向ける

輝かなければ　と思う
悲しみの瞳に
ありがとう　と言おう

100 大切に……

人を想う気持を大切にしよう
だって、それが愛だから

生んで呉れた親を大切にしよう
生まれて来なければ貴方は存在しないのだから
育てて呉れた親に　感謝しよう

人を好きになろう
人を好きになれば友達になれる
善き良き友は　貴方を磨いて呉れる

生涯を共にする　パートナーを大切にしよう
お互いに　命を預け合ったのだから
パートナーを尊敬しよう　貴方自身なのだから

夫婦は　一心同体
手を繋ぎ　決して離さないで
寿命の尽きるまで　天のお迎えが来るまで
何時までも　その手を離さないで
お互いを　大切にしよう

生まれた子供を　大切にしよう
生まれた子供を　素的にしよう
それが親の役目であり　誇りだから

迷ってる人がいたら　困ってる人がいたら
怒ってる人がいたら　悲しんでる人がいたら
貴方の出来る　最大限の愛を以て
叱咤激励して上げよう
出会った縁を大切にしよう　皆を素的にしよう

101 貴方も超能力者に

此処までを何度も何度も繰り返し読む人は、何時の間にか超能力者としての資質を深めていく。極極自然に超能力者となっていく。

繰り返し繰り返し詠《よ》む中に、魂が磨かれ、人への愛が深まり、自然に超能力を駆使出来る様になるのである。

元々、難しい事は一つもない。只、〝我〟を小さくすれば良い丈である。只、我より他を、人を大きくすれば良い丈である。

超能力とは、極極当り前、極極自然の力の事である。

我が小さくなれば、その血は清く、その血は爽やかに、そよそよとさらさらと、澱《よど》みなく流れる。それが自然である。

我が大きくなればなる程、血は濁り、その血は泥々と無気味に、ざわざわと騒がしく流れる。そして、その肉体は病の巣窟となり、阿鼻叫喚の中に滅びる。

病の殆どは〝気〟である。〝我〟という汚気が肉体を蝕むのである。

修業して暖かい心と、清い心を持った貴方は、その清き爽やかな血のパワーを駆使し、汚気を持つ、汚血を持つ人達を助けて上げる事が出来る。

貴方に接した人は、貴方の言葉に暖められ反省させられ、感謝する事を学んでいく。病は軽くなり、やがて完治する。

気の流れ血の流れの綺麗な人は、その両の手を病の人に当てて上げよう。その手から出るパワーが病の部位を暖め、澱んだ血流を爽やかな清流へと導いていく。それに気付いた病の人は、自ら治そうと頑張り始める。貴方の手を借りて、自らの力で病を撲滅していくのである。

それでも治り難い人には、その掌で摩って上げよう。患部が暖かくなる迄、何度も何度も摩って上げよう。

それでも治り難い人には、親指と人差指を結び、人差指の腹で擦って上げよう。上達すれば汚血が皮下出血となって、浮き出て来るようになる。

汚血の少なくなった血管は小川の様な流れとなり、患部を治していく。病気の殆どは〝血〟なのである。血が汚ければ色んな臓器が腐る。血を清めなければならない。

血を清めるのは〝気〟である。

暖かき心、清き心を育てれば病は消える。

病も健康も、全て気なのである。素的な気を以て人を助けよう！

102
幕が下りる前に

幕が下りる前に
想いを込めた熱き熱き時間が
今　終わろうとしている

幕が下りる前に
今一度　あなたに云いたい
人を想う気持を　忘れないで欲しい
かけがえのない友達を
　大切にして欲しい
毎日毎日を一生懸命　生きて欲しい
明るくて　楽しくて
　温かい人になって欲しい
今日出会った事を　忘れないで欲しい

いつか屹度　あなたの想いが
いつか屹度　あなたの愛が
人の心を打ち
人の魂を動かす時が来るだろう
そんな素的な人に　なって欲しい

幕が下りる前に　もう一度あなたに
出逢いの終わりに
また逢う日を願いつつ
さよならを云おう
さよなら　さよなら　さよなら
また　い・つ・か

──幕──

＜著者紹介＞

東　隆明　あずまりゅうめい

ライフディレクター（人生の演出家）

作家、演出家。著書『実践超能力！YOU…』『天職』『達人』『ホント八百』戯曲『ナポレオン』『こんな愛をしてみたい』脚本・演出作品に「童謡詩人金子みすゞの生涯ーこだまでせうか」作詞作品「普賢花」「島原慕情」「ふるさと」「愛ある故に」他。

http://www9.ocn.ne.jp/~cnj/

http://ryu-mei.cocolog-nifty.com

http://chance.thd-web.jp/

CHANCE

2009（平成21）年６月23日　第一刷

著　者　　東　隆明

発行人　　森田暁子

発行所　　㈱企画出版天恵堂

169-0075東京都新宿区高田馬場3-28-3

メゾン佐藤302

電話03-3368-4790

Ｅメール　yiu50291@nifty.com

印刷所　　㈱ユニバーサル・プリント

ISBN978-4-87657-006-5　C0011

ホント八百

東　隆明著

今、何をすべきか、どう生きねばならないか。方向を見失った日本人に、何がホンモノで何がニセモノかを平易に説く。さらに、普賢岳災害で苦しむ島原の人たちに著者とその仲間たちが行った救援活動も綴る。

定価　一二〇〇円（税込）

CD（二枚組）

『こだまでせうか
童謡詩人・金子みすゞ　その愛と死』

東　隆明・脚本／演出

夭逝した大正期の童謡詩人、金子みすゞの一生を歌と朗読と物語でつづる感動作。みすゞが時代を超えて伝えたかったメッセージとは何だったのか。その魂の訴えはいまも現代人の心を揺すぶらずにはおかない。

定価三五〇〇円

天職

東 隆明著

世の指導者をバッタバッタと薙ぎ倒し、今、何が必要か、天職とは何かを叱責の中からユニークに説いてゆく…。天職を我がものにし、天職を全うせんとする貴方に、此の書が実践の秘訣を教える。

定価一〇〇〇円（税込）

実践超能力! YOU……

東 隆明著

あなたも超能力者になれる。
どうすれば良いか分からなくなった時、死のうと思った時、医者にサジを投げられた時、愛する人の病を治したい時、愛する人に活路を与えたい時…。この本を読むだけでいい—あなたに勇気と自信とエネルギーを与えてくれるだろう。そして…奇蹟は起きる!

定価一三〇〇円(税込)